「死んでみろ」と言われたので死にました。2

江東しろ

23801

角川ビーンズ文庫

Contents

ナタリー
ペティグリュー伯爵家の
令嬢。
癒しの魔法が使える
ユリウス
ファングレー公爵。
「漆黒の騎士」
とも呼ばれる

「死んでみろ」と言われたので死にました。

人物紹介

マルク
漆黒の騎士団の副団長。女好き

エドワード
フリックシュタインの第二王子

お父様
ペティグリュー伯爵。娘を溺愛している

お母様
ナタリーの母。穏やかな淑女

フランツ
ファングレー公爵家専属の医者

ミーナ
ペティグリュー伯爵家の侍女

本文イラスト／蘭　らむ
キャラクター原案／whimhalooo

第一章　新緑の策

「ふふっ、ナタリーとこうしてお茶をするのは……久しぶりに感じるわね」

「確かに、そうですね」

太陽の光が柔《やわ》らかく、木々の隙間《すきま》から差している正午。ペティグリュー伯爵令嬢《はくしゃくれいじょう》、ナタリーはお母様と一緒《いっしょ》に伯爵邸《はくしゃくてい》のテラスでティータイムを楽しんでいた。侍女《じじょ》のミーナが腕《うで》によりをかけて淹《い》れてくれた紅茶は、今日も芳《かぐわ》しくて美味《おい》しい。お母様のドレスの袖《そで》からつやつやと血色がよくなった腕がちらりと見え、ナタリーは自然と優《やさ》しくほほ笑《え》んでいた。

一度死に、十八歳の頃《ころ》に時が戻《もど》った後――ナタリーが一番に気にかけていたのは両親のことであった。前回の人生では刻点病《こくてんびょう》という流行《はや》り病によってお母様が倒《たお》れ、畳《たた》みかけるように起きた悲惨《ひさん》な戦争によってお父様を失ってしまっていた。しかし両親が亡《な》くなるよりも前に時が戻り、二人を救おうと決めて動いた結果……お母様の体にあった禍々《まがまが》しい斑《はん》点《てん》は消え、加えてこうして長くテラスへ出ていることも可能になった。

（お母様が元気になって、本当によかったわ）

こうした何気ないティータイムをどれほど願ったことだろうか。そう感じるほど長い間ナタリーを苦しめ続けた理由がもうなくなったのだと思うと、嬉《うれ》しさが溢《あふ》れてくるようだった。お母様と、他愛《たわい》もない話に花を咲《さ》かせていれば、不意に明るい声が聞こえてくる。

「今日はいい天気だな……！　父さんも一緒にお茶してもいいかい？」

「お父様……！」

「あなた」

ナタリーとお母様の方へ近づいてきたのは、満面に笑みを浮《う》かべたお父様だった。前回の人生とは違《ちが》い、戦争が終わった今もお父様はナタリーを過保護なまでに心配するくらいには、元気に活動をしている。ふと、お父様を戦火から救ってくれた漆黒《しっこく》の騎士《きし》、ユリウス・ファングレー公爵《こうしゃく》の顔が思い浮かんだ。

(閣下は元気にしていらっしゃるかしら……)

ペティグリュー家の夜会後、すぐに同盟国・セントシュバルツに帰ったユリウスだが、気づけばもう何日も顔を見ていない。しばらく一緒にいたからか、胸がぎゅっとなるような寂《さび》しさを感じた。

(あんなに怖《こわ》がっていた相手なのに、なんだか不思議ね)

改めて思い出すのはかつての人生ではクソ夫だと感じていた姿。しかし今世の不器用だが優しいユリウスのことを思うとあまりにちぐはぐで、ナタリーは小さく笑みをこぼした。

「あなた、今日は遺跡《いせき》へ行く予定だったと伺《うかが》っておりますが……」

「ふふん！　愛しの君とナタリーとのティータイム以上に重要なことなど……」

「はぁ……あなた……」

物思いにふけるナタリーをよそに、お父様はいきいきと輝《かがや》いた笑顔で言葉を紡《つむ》ぎ、そんなお父様をお母様は残念なものを見る目で見つめていた。

お母様の言っている遺跡とは、ペティグリュー家の山にある地下遺跡のことである。今までは領地の象徴《しょうちょう》くらいにしか思っていなかった山だったが、元宰相《さいしょう》とファングレー元公爵夫人が潜伏《せんぷく》していた一件以来、王家とペティグリュー家で秘密裏《ひみつり》に調査を進めている。

というのも、ファングレー元公爵夫人を囮《おとり》にして逃《に》げた元宰相が未《いま》だに捕《つか》まっていないのだ。王家としては少しでも早く手がかりを摑《つか》みたいのだろうが、まずは遺跡自体の調査をしないと話にならず、難航しているらしい。

調査の度に呼び出されるお父様は、家族で過ごす時間が減ってしまうことに鬱憤《うっぷん》が溜《た》まっているようだ。

「そ、その～領主殿《どの》……」

お父様の後ろでは、王城の役人らしき人たちが困惑《こんわく》したような顔でこちらを見ている。

「ナタリーは今日も父さんの天使だね。今日はなんて素晴《すば》らしい日なんだ……！」

「お、お父様」

「ふぅ……あ、な、た？」

この困ったお父様は、本日予定していた遺跡の調査に関する案内を始める前に、ティータイムをしていたお母様とナタリーのもとへ来てしまったのだろう。お父様に甘いナタリーは、いつものお父様の様子に、仕方ないな……と思うのだが、一方お母様からは明らかに冷たい声が発せられている。

そんな様子に、ビクッと反応を示したお父様は震《ふる》えながらお母様を見つめた。

「お仕事を身勝手に怠《なま》けるのは感心しませんね？　そんなあなたのことは嫌《きら》いに――」

「ひ、ひぃ……っ！　ご、ごめんなさい～～！　今すぐ行きます！」

「もう……最初からすぐにお仕事に行って、早めに帰ってくればよかったでしょう？」

「う、うう～だって、だって、だって～～」

「だってじゃありませんっ！　ほら！」

椅子《いす》から立ち上がったお母様に促《うなが》されるように、お父様は役人たちのもとへ戻っていく。少ししょんぼりとしたお父様だが、「お仕事頑張《がんば》ってくださいね」とナタリーがエールを送れば、「父さん、頑張ってくるな！」とあっという間に立ち直ったようだった。

仕事へ向かうお父様を見送りながら、ナタリーは地下遺跡に思いをはせる。

（私が魔法《まほう》を使ったときに出た、あの謎《なぞ》の光……。遺跡の調査が進めば何か秘密が分かるかしら）

戦争と遺跡の騒動《そうどう》で、ユリウスを救った魔法はいつもよりもずっと強力だった。手のひらからあふれ出した、どこか懐《なつ》かしさを感じるあの光の正体がナタリーはずっと気になっていた。

それにファングレー元公爵夫人の魔法を無効化できた理由もまだ分かっていない。

お父様の話ではペティグリュー家の遺伝か何かではないか、ということだったが……。

自分のことなのに何も分からず、調査結果を待つしかない現状が歯がゆかった。

「ふぅ……手のかかる大きな子どもね」

「でも、それほどお父様は私たち家族を大切に思ってくださっているのですわ」

「ふふっ、そうね」

お母様はナタリーの言葉に優しいほほ笑みを浮かべた。お父様もそうだが、お母様だって……そしてナタリーも家族を大切に思っている。だからこそ、自分の魔法にある謎が家族にとって、何も支障がないという安心感がほしいのかもしれない。

「さて、そろそろナタリーの恋愛事情を聞かせてもらいましょうか」

「え？」

「もうっ！　さっきからそんなに悩《なや》ましげな表情をして――意中の殿方《とのがた》のことね？」

「え……ええ!?　ち、ちが……」

「もちろんお父様には秘密にするわ。先日の夜会以降、お父様の過保護がヒートアップしてしまったものね……」

　お母様がナタリーの表情を見て、あらぬ方向へと思いをはせ始めている。しかも側に控《ひか》えているミーナも、キラキラとした目をナタリーに向けてきているのが分かった。まるで自分の恋のようにテンションを高くして、今一体どうなっているの——と問いかけるような、二人からの視線を感じるのだが……ナタリーは頭を抱《かか》えるように手を添《そ》えて困ってしまうのであった。

　ペディグリー家の夜会にこっそりと、突然《とつぜん》現れた第二王子エドワードのことは二人とも知らない。だからと言って、夜会でダンスをしたユリウスと、一緒に踊《おど》ったこと以上に何か進展があったかというとそんなことはないのだ。しかし美貌《びぼう》を誇《ほこ》る二人の顔が脳内に浮かんだナタリーは、ついしどろもどろになってしまう。

「あっ！　おかわりを淹れてきますね！」

　ティーポットの紅茶がなくなったことに気づいたミーナが、廊下《ろうか》へと少し早足で駆《か》けていく。そんなミーナの様子を見たお母様は、「まあまあ、ミーナはせっかちさんね」と柔らかく笑みをこぼした。まだまだこの恋の話題から離《はな》れそうにない。

（ど、どうしましょう……！　話題を変えなければ……）

　根掘《ねほ》り葉掘り、恋模様について聞かれたナタリーは勘弁《かんべん》してほしい思いでいっぱいだった。話の内容に戸惑《とまど》いがあるのはもちろん、今まで異性との恋愛《れんあい》といったものに免疫《めんえき》がなさ過ぎたせいかもしれない。ミーナが紅茶のおかわりを持ってくる前に、何か対策を……

と逡巡《しゅんじゅん》していれば。

「お、お嬢《じょう》さま～～！」

ミーナが廊下を全力で走っているのか、慌《あわ》ただしい足音と声が聞こえてきた。テラスに続く扉《とびら》が勢いよく開き、息を切らしながら、空のティーポットを持ったミーナが現れた。

その様子にナタリーは驚《おどろ》く。もしやこれは何かトラブルでも——。

「ミーナ、そんなに慌てて……どうかしたの？」

「そ、それが……！」

息を整えてから、ミーナはナタリーとお母様に向き合って声を上げた。

「お、王城から、使者が来ましたっ！」

「え!?」

「まぁ！　早速《さっそく》ね、ナタリー！」

お母様のわくわくとした嬉しそうな声色《こわいろ》を聞けば、面倒事《めんどうごと》になりそうな予感がしてしまい……ナタリーは空を仰《あお》いだ。ナタリーの心情とは全く違って清々《すがすが》しいほどの青い空が、そこにあった。

（……でも待って！　そもそも宰相様の件について何か用があるのかもしれないわ！）

地下遺跡をお父様と王城の役人が調べている中、これ以上ナタリーが元宰相の件について協力できることは少なそうだが……もしかしたら、の可能性がある。どうか、お父様が騒《さわ》ぐようなことではありませんように、とナタリーは心の中で祈《いの》った。慌てんぼうなミーナの案内で、嬉《うれ》しそうなお母様と共に屋敷《やしき》の玄関《げんかん》へと向かう。

するとそこには、戦後の褒賞《ほうしょう》の件で王城に呼ばれた時にも訪ねてきた、礼服姿の使者がいた。

「お待たせいたしました」

「いえ、出迎えていただきありがとうございます」

恭《うやうや》しく挨拶《あいさつ》を交《か》わせば、使者は早速といった様子で、所持していた巻物を開いて話し始めた……のだが。

「コホンッ。此度は――」

「……は、はい」

ごくりと息をのみ、お母様と共に使者の口元を凝視《ぎょうし》する。何を言うのかと身構えれば、どこかもごもごと口《くち》ごもっている様子なのが分かった。

「え、えっと。使者様？」

「はい」

「お父様に御用《ごよう》があったのでしょうか？」

お母様とナタリーには話せないから言いづらそうにしているのではと思い、そう切り出せば、使者は首を振《ふ》り「いや、違《ちが》うんだ」と言ってくる。

（〝違うんだ〟……？）

急にフランクな喋《しゃべ》り方になったと、感じた瞬間《しゅんかん》。

「いや……やっぱり。だますのは、良くないよね」

「え？」

使者が指をパチンと鳴らすと——彼の周りに、風が吹《ふ》きこんでくる。あまりの風力に、周りにいた全員が、思わず目を閉じてしまう。そして再び目を開ければ。

「まあ！　まあ！」

「ふふ、ごきげんよう」

「エ、エドワード様……！」

使者だと思っていた男性の姿形が変化し、お母様がはしゃいだ声をあげた。そう、そこに立っていたのは、国の太陽とも称《しょう》される美貌の王子、エドワードその人だったのだ。服装すらも、彼がいつも着ている王族の服に変わっていた。

「ふふっ。驚いたかい？　早くナタリーに会いたくて、来てしまったよ」

「まあ～。ナタリー、いいじゃない……！」

「お、お母様……」

娘《むすめ》よりも、顔を赤く火照《ほて》らせ喜ぶお母様。しかしナタリーとしては、エドワードと顔を合わせるのは少し緊張《きんちょう》する。というのも、彼に一度ナタリーは告白をされて、気持ちに応《こた》えられないと断ったのだ。しかし、彼からはそれでもナタリーを諦《あきら》められないとアプローチをされていて――まさしくお母様が大好きな状況《じょうきょう》になっていることは間違《まちが》いなかった。

（でも、エドワード様がこうして直接来たということは、やっぱり何か問題があったのではないのかしら――……）

忙しいエドワードがナタリーに会うためだけに来たとは思えない。気まずい思いはありながらも、ナタリーはエドワードが直々に伝えに来た用件の重要さに気をとられる。

「お母上に似て、今日もナタリーは美しいね」

「きゃ～！　お母上だなんてっ！」

お母様と女性の使用人たちが、歓喜《かんき》の声をあげる。エドワードの発言に、彼の真意はいったいどこにあるのか分からないものの「お、お世辞を……ほ、ほほほ」と、軽く流すことにした。

「世辞ではないのだけれど……まあ、ナタリーとしては、きっと本題の方が気になるだろうからね。これくらいにしようか」

「……ほ、ほほほ」

姿勢を直したエドワードはナタリーに向き合ったかと思うと、おもむろに口を開いた。

「早速だけど……僕と共に王城へ来てほしいんだ」

「……へ？」

「まあ……！」

彼は、ウィンクをしながらナタリーにそう言ってきたのだ。そして、ナタリーにゆっくりと近づいてきて。

「ど、どういうことでしょう……？」

「ふふっ。もちろん、私的に呼びたいということもあるのだけど――」

近づいてくるエドワードにさらに緊張してしまい、ナタリーの身体《からだ》が固まる。そんな様子にエドワードはますます笑《え》みを深くし、ナタリーの耳元に口を近づけたかと思うと。

「遺跡《いせき》で宰相《さいしょう》と出会った当人たちで……情報を共有したくて、ね」

「っ！　そ、それは」

ナタリーがハッとしてエドワードの顔を見れば、彼はまるで内緒話《ないしょばなし》をするようにシーッと口元に人差し指を立てる。

(宰相様について……動向が分かったってことかしら)

おそらく、元宰相に関して恐怖《きょうふ》を広めたくないのだろう。新聞に載《の》るのも表立った情報ばかりで、遺跡で彼が口にしていた「実験」や「魔《ま》法《ほう》の才」などについては詳《くわ》しく報道されていないのが現状だった。ナタリーは神妙《しんみょう》な顔つきになり、「お、お役に立てるのであれば……！」と言う。きっと王城で集めている情報の方が、精密なのだろうけれど――それでも、元宰相に関する情報提供や元義母について協力できるかもしれないと意気込んだ。

そんなナタリーの様子に、エドワードは嬉しそうにほほ笑んだ。

「そうか、ありがとう」

「え、ええ！」

「なら、善は急げ……だね」

「え、ええ……？」

彼の言葉の意味が分からなくなり、首を傾《かし》げれば。

「ちょうど今日、会合の場を用意したから君もどうかと思ってね。迎《むか》えにきたんだ」

「……へ？」

「ナタリーのお母上、彼女を城へ連れて行ってもよろしいでしょうか？」

「まぁ、やだ～！　もちろんですわっ！」

「……へっ？」

ナタリーが戸惑っているうちに話が素早《すばや》くまとまっている気がする。「あれ？」と我に返れば、エドワードが「お母上から許可もいただいたことだし。行こうか、ナタリー」と手を差し伸《の》べてくる。

「えっ、お、お母様？」

「ナタリー、いってらっしゃい。お父様にはうまく言っておくわね！」

「え、ええ？」

「ふふっ、ちゃんと夕方までにはお送りしますので」

「あらぁ！」

元宰相に関しての会合は必要だ。確かに必要なのだけれども、この現状はお母様に誤解されていないだろうか。そう思いつつも、お母様に見守られる中でエドワードに「さぁ」と催促《さいそく》されて、手を重ねることになった。何度も体験した視界の歪《ゆが》みと共に、ナタリーは目をつむるのであった。


視界が歪んで、なかなか足が地面に着かない浮遊感《ふゆうかん》に落ち着かず、ぎゅっと目を閉じた。なんだか、瞬間移動の時間が長いような……と思っていれば。

「もう着いたよ。ナタリー」

「え……？」

驚《おどろ》いてパチッと目を開けけば、確かにそこは王城の応接室だった。

（あら？　エドワード様のお顔が近いような……）

「殿下《でんか》は……無礼という言葉をご存じないようですね？」

横から、聞き覚えのある——低い声が聞こえてきた。

「ふぅん？」

「えっ！」

思わず視線をやれば、ナタリーとエドワードに相対する形でいつもの黒い騎士《きし》服を着たユリウスが立っていたのだ。そんな思いがけない再会に、ナタリーの頭は真っ白になった。

「体勢を崩《くず》しそうだったナタリーを、咄嗟《とっさ》に支えたのは普通《ふつう》のことだと思うんだけど……心外な言い方をされるようで？」

「その割には、下心が隠《かく》せていないように見えましたが」

「……言いますね？」

バチバチと二人の視線の間で火花が散っているこの光景は……と思い自分の状況を確認《かくにん》してみる。

「エ、エドワード様っ！」

「ふふっ、どうしたんだい？」

そこで気が付いたのだ。ナタリーの今の体勢が……エドワードにぴったりと寄り添《そ》うようなものであることに。エドワードの片腕《かたうで》がナタリーを支えるように腰《こし》に回っていた。いつもは魔法を使っている彼が思いがけず、逞《たくま》しい腕をしていると気づくほどに近かったのだ。

なにより、そのせいで――エドワードの体に寄りかかる形になってしまっている状況に、

やっとナタリーの理解は追いついた。

「も、もう一人で立てますからっ。その、お気遣《きづか》いは感謝しますわっ」

「……ん？　もういいのかい？」

「……」

ナタリーが焦《あせ》ったように解放を願えば、すんなりと手を放してくれた。その後、エドワードは冗談《じょうだん》めかしてユリウスに言葉を放つ。

「ふっ、漆黒《しっこく》の騎士《きし》殿《どの》。目が怖《こわ》くなっていますよ？」

そうなのかと、ナタリーがユリウスを窺《うかが》えばいつも通りの真顔があるだけだった。

（怖いかしら……？）

ふたたびエドワードに視線を向ければ、おかしそうに笑っていた。「器用なものだ」となぜか賞賛もしていた。

「まあ、これで揃《そろ》ったから……始めるとしましょうか」

エドワードが声を上げ両手を叩《たた》いたのと同時に、応接室内に使用人が入ってくる。てきぱきと、ナタリーたちを席に案内し、飲み物の準備を始めた。

「まあ、会合といっても、三人なんだけどね」

「……」

「ああ、公爵《こうしゃく》は遠くからご足労いただき感謝します」

「……構いません」

三角を形成するように、各々《おのおの》ソファに腰かけている状況《じょうきょう》だ。そんな中、エドワードとユリウスのやり取りに不安を覚える。

（こんなに仲が悪かったかしら？）

互《たが》いに対して敬語を使っているものの、それ以上にどこかよそよそしく、エドワードが

「まるで、格式ばったお茶会のようだね？　本当はナタリーと二人きりが良かったのだけど……」と言ったのち、さらに空気が冷えた気がする。そしてエドワードはテーブルに置かれた紅茶を飲んでから、不敵な笑みを浮かべて口を開いた。

「早速《さっそく》だけど、悪い報《しら》せと良い報せがあるんだ」

その言葉に、ナタリーとユリウスの身体が強《こわ》ばる。エドワードはそんな二人を目にとめながら「最後に気分よく終わりたいから、悪い報せを先に話すね」と告げた。

ナタリーは、息を呑《の》んで彼に注目する。

「宰相の足取りが摑《つか》めなくなってしまった」

「……え？」

衝撃《しょうげき》的な言葉にナタリーは目を見開き、ユリウスが表情を引き締《し》める。そうした反応を予想していたのか、エドワードは特段驚きもしていない。

「追っ手が完全に撒《ま》かれてしまってね。正確には国内にいることまでは分かっているのだ

が、それ以上の詳細《しょうさい》な居所が不明という状況だ」

「国外に出ると、魔力《まりょく》が検知器具に引っかかるから……か」

「ええ、国境には国ごとに大量の検知器具が常備されていますから。広範囲《こうはんい》を監視《かんし》しているそれを、無効化するのは至難の業《わざ》でしょうね」

検知器具というのは魔力を注ぐと稼働《かどう》する魔導具で、国境だけに限らず、王城でも使用される器具だ。そして魔力を持つ人間が、どこにいるのか測定し、記録できる道具でもある。魔法を使える人間が他国に行くということは、戦力の移動――すなわち戦争の引き金にもなりうる。そのため、把握《はあく》しておかねばならない情報なのだろう。漆黒の騎士団や王城に属する人間は、国が定めた公務のためという名目で基本的には行き来が自由になっているが――ペティグリュー家のような普通の貴族は正当な理由がない限り、他国へ行くことは難しい。

そして元宰相《さいしょう》に関しては、国境の検知器具の反応がないということから国内にいるのは確実なのだろう。完全に見失うよりもましだが、依然《いぜん》良くない状況には変わりがない。最近までの調査について、エドワードが口を開くも……相変わらず、声色《こわいろ》は暗いままだった。

「僕が言うのもなんだけど、優秀《ゆうしゅう》な〝影《かげ》〟があの遺跡騒動《いせきそうどう》で撒かれてしまったんだ。……その後も、幾度《いくど》か宰相の足跡《あしあと》を摑むものの――巧妙《こうみょう》な罠《わな》によってまた逃《に》げられてしまって、ね」

「……それは」

「面目《めんぼく》ないね……。どうにも、宰相が使用できる魔法は予想よりもはるかに多いのかもしれない」

「……そう言いますが。それくらい想定できたのでは？」

ナタリーが絶句している中、ユリウスはエドワードに厳しい一言をかける。エドワードはユリウスの言葉に気分を害するどころか、「公爵は、お厳しいですね」と申し訳なさそうにしていた。

「確かに、宰相の件は僕自身が追跡《ついせき》をするくらい慎重《しんちよう》になるべきでした。……が、彼について僕自ら調べなければいけないこともあったので、〝影〟に任せていたんですよ」

「ほう。殿下自らが……？」

「ええ、王城の資料庫に保管されている文献《ぶんけん》を見ていて……王族以外は立ち入れないので、僕自身が行くしかなかったのです」

「まぁ……」

エドワードの話を聞いて、ざわつくような気持ちが大きくなった。王城で管理されるほどの資料をもって、元宰相に関していったいどんなことが分かったのか。そしてナタリーがその内容を聞いてしまっていいのか……といった不安が頭に浮《う》かんだのだ。するとエドワードは、柔《やわ》らかい笑《え》みをナタリーに向ける。

「この話は、ペティグリュー家にも関《かか》わることだから問題ないよ。そして言わずもがな、ファングレー公爵もですね」

「そう、なのですね……」

「……」

ナタリーがこの場にいて問題ないことは分かったが、場の空気は重くなるばかりだ。そしてユリウスは、母親が現在捕《つか》まっていることも相まってより険しい表情になっている。きっと言わずもがなの内容は、ユリウスの母親が元宰相に協力をしていた共犯者なのだから関係があるということなのだろう。三者三様に思うところがある中、エドワードは「宰相の言葉を覚えているかい？」と問いかけてきた。

「言葉、ですか？」

「ああ、口にするのは辛《つら》いが――フリックシュタインの魔法知識がいくつもの犠牲《ぎせい》によって栄えていったこと」

「……っ！」

「そして、奴《やつ》自身の一族に関しても言及《げんきゅう》していただろう？」

「確かに、そのようなことを言っていたな……」

地下遺跡《いせき》で元宰相と相対していた時、エドワードが言うように不穏《ふおん》なことを言っていたのだ。国への冒瀆《ぼうとく》ともとれる内容だったが、単純に罵倒《ばとう》していたというわけではなかったのだろうか。なによりあの時、元宰相が口にした内容で印象深かったのは「ペティグリュー は難を逃《のが》れた」という点だった。

（いったい何を、あの人は言おうとしていたのかしら——）

「意味深長なことを言って場をかく乱しているだけかとも思ったが、どうにも引っかかるものを感じてね。実際に、宰相の出生について調べてみたところ……奴はフリックシュタイン王家によって取り潰《つぶ》された、貴族の末裔《まつえい》だということが分かった」

「取り潰され……た」

「ああ。それも罪状は極《きわ》めて危険な魔法研究を秘密裏《ひみつり》に行っていたこと、だそうだ」

エドワードは苦虫を嚙《か》み潰したような表情になりながら、当時と今の違《ちが》いを話した。元宰相の一族は、国の中心とも言える公爵位を持っていたこと。そして王家は、盤石《ばんじゃく》な権力を築いている最中であったため、些細《ささい》な出来事にでも目くじらを立てていたこと。

そんな状況が重なってしまったがために、王家が他《ほか》の貴族への見せしめの目的もあって公開処刑《しょけい》のように元宰相の一族を取り潰したのだ、と。そして、そんな追及を見た他の貴族たちは王家に従順になっていったそうだ。加えて、エドワードはナタリーを見て「ペティグリュー家は宰相一族と共に、地下遺跡で研究をすることがあったそうだ。だが、取り潰しを目の当《ま》たりにしたこともあって——その遺跡を封鎖《ふうさ》した、と報告が書かれていたよ。もしかしたら、国の発展のために研究へ尽力《じんりょく》していたかもしれないのにね」と寂《さび》しげに話した。

「そう……でしたか。けれども、当時の采配《さいはい》はエドワード様が行ったわけではありませんし」

「そうだね……。でも、僕としては初めて知った事実もあって、疑わしきものは全《すべ》て罰《ばっ》する——王家のあまりの暴虐《ぼうぎゃく》ぶりに……」

エドワードはそこまで言葉を紡《つむ》ぐと、ぐっと押し黙《だま》る。そして再び口を開いて「このように普段《ふだん》は隠《かく》された事実として扱《あつか》われていたことに」と言葉にし、視線を下に向けた。そのまま少し間を空けてからエドワードは言葉を続ける。

「奴——宰相が言った内容を全否定できない事実に、胸が痛むんだ」

「エドワード様……」

「確かに奴が言った通り……取り潰した際に得た魔法知識は全て王家が管理する形になっていったからね」

ナタリーが心配そうにエドワードを見やれば、その視線に「大丈夫《だいじょうぶ》」と応《こた》えるようにエドワードは頷《うなず》いた。エドワードが言うには取り潰された元宰相の一族はその後、没落《ぼっらく》し名前を変えながらも、現在の宰相の地位を得るまでに復活したのだそうだ。

「だから、僕は奴が——フリックシュタインに対して復讐《ふくしゅう》をしようとしている、と思っている」

「ふく、しゅう……」

「うん。それを裏づけるように、奴は一族が昔研究していた資料を集めていたようなんだ」

「え……？」

「不審者《ふしん》が出没《しゅつぼつ》した件があっただろう。あれは宰相が姿形を変えて、各地に赴《おもむ》いていたようだが——その場所に共通点があった」

「ほう？」

「すべてこの資料内に記載《きさい》されている、奴の一族が研究に用いていた場所——」

「ペティグリューの地下遺跡も……」

なぜ元宰相がわざわざペティグリュー領に来ていたのか、それに対する謎《なぞ》がエドワードの話によって明らかになったように思った。わざわざ一族ゆかりの場所を巡《めぐ》っていたのは、計画に邪魔《じゃま》が入らぬように現在の土地の所有者を黙らせる目的もあったのかもしれない。

（もしペティグリュー領をいつものように、一人で歩いていたら……）

ユリウスが戦争によって負った怪我《けが》が回復したのち、一緒《いっしょ》に出掛《でか》けたあの日。もしもユリウスと一緒に外出をせず、お母様に勧《すす》められるように街を歩いていたら、ナタリーは現在こうしてここにいなかったのかもしれない。そんな不穏なことがナタリーの頭をよぎり、ヒヤリとした嫌《いや》な汗《あせ》が背中に流れた。

「……大丈夫か？」

「え、ええ」

ナタリーの様子が変わったことに気づき、ユリウスが口を開いた。エドワードも、ナタリーに「気に病《や》ませてしまったね。申し訳ない」と謝る。

「いえ、お気になさらないでください。家族、ひいてはペティグリュー領の皆《みな》の平和のために聞かせてくださいませ」

「ふふ。頼《たの》もしいね。ありがとう。では続けるが、宰相《さいしょう》が研究しているものを先に言おう。おそらくそれは――国一つ破壊《はかい》できるような凶悪《きょうあく》な魔導具だ」

「……っ！」

「魔法《まほう》ではなく、魔力を溜《た》めて起爆《きばく》する産物を開発している」

ナタリーは、エドワードの発言にぞっと寒気を感じた。その魔導具ができてしまえば、ペティグリュー領どころか、フリックシュタインが崩壊《ほうかい》してしまう。そんな想像をしたナタリーを見て、エドワードは「いち早く宰相を見つけねば、危ないことに違いはないだろうね」と言った。

「だが問題はそれだけじゃない。奴が魔法を遮断《しゃだん》する魔導具を開発してしまったかもしれないんだ」

「っ！」

「報告によれば奴が大きな杖《つえ》を向けると、〝影《かげ》〟の魔法が一切《いっさい》効かなくなったそうだ」

「厄介《やっかい》なことですね」

「ええ。〝影〟が撒《ま》かれてしまうほど厄介な相手ですから。国を挙げて捜査《そうさ》しようとしたところで、国中が混乱と不安に陥《おちい》るのは目に見えています。闇雲《やみくも》に動くのは悪手でしょうね」

「……確かに」

エドワードの話を聞きながら、ナタリーが思い浮かべたのは遺跡で見つけた「魔力を通さない石柱」のことだった。おそらく元宰相もあの石柱がもつ効果に気づいて悪用しているのだろう。それであれば、対策しようにもすぐにはできなかったはずだ。

しかも現状、元宰相は未《いま》だ行方《ゆくえ》不明だ。悪い報《しら》せを聞けば聞くほど、この場の空気はずんと重くなっていく。八方ふさがりなこの状況《じょうきょう》をいったいどうすれば……と思い悩《なや》み始めた瞬間《しゅんかん》、今までの空気を断《た》ち切るようにパンッと弾《はじ》けるような音が室内に響《ひび》く。その音は、エドワードの両手から発せられていた。

「だからね、今後の策を踏《ふ》まえて良い報せに移ろう！」

エドワードは先ほどの悲しげな雰囲気《ふんいき》から一変して、いつものように笑《え》みを輝《かがや》かせた。

「おや？　二人ともそんなに驚《おどろ》いて……ふふっ。僕はそんな簡単に、諦《あきら》めたりはしませんよ？」

「……ふん」

「良い報せには、宰相を捕《つか》まえるための布石もあるからね。具体的に、二つ――君たちに話そうと思っている」

「は、はい！」

仲は悪いものの、ユリウスは真面目《まじめ》な顔をしていた。ナタリーもまた、意気込みながら「良い報せ」を語ろうとしているエドワードの言葉に、注意深く耳を傾《かたむ》ける。すると彼は、「二人には協力してほしいって部分も、あるんだけどね。まあそれは、最後に」とウィンクをした。

「一つ目はペティグリューの石柱についてだ」

「……っ！」

「ナタリーも気になっていたようだね？」

エドワードが言うように、知りたいという思いが顔に出ていたのだろう。その気持ちに応えるように、エドワードは続けて話し出す。

「研究者があの石柱の材質を調べたところ、どうやら魔法が全く効かないわけではないとのことでね」

「そう、なのですか？」

驚きながらナタリーが聞き返せば、エドワードはゆっくりと頷き「どこから生まれたのか、その起源はまだ不明らしいが……。ただ何度も何度も、石柱の耐久値《たいきゅう》を上回る魔法をかければ、壊《こわ》せると結果が出たんだ」と嬉《うれ》しそうに話した。

「そうだったのですね……！」

「うん。だから、あの時も僕と公爵《こうしゃく》とで何度も試《ため》してみれば良かったかもしれないね。結果論だけれど」

そして、少し残念そうな表情を見せつつもエドワードは「でも、終わったことは仕方ないからね」と言ったのち、続けて「王城の研究室で、効率よく石柱を壊せるよう、随時《ずいじ》研究しているから」と笑顔で語った。

「……優秀《ゆうしゅう》な研究者に、期待するとしましょう」

「ふふっ。僕も尽力しますので」

不気味な元宰相に対抗《たいこう》できる策がある、そう聞くと、まだぬか喜びはできないが――明るい気持ちにしてくれるのは確かだった。そんな雰囲気の中、エドワードは姿勢を正して
「宰相は行方をくらました、とはじめに言ったが――実は、奴《やつ》の居所はすでにおおよそ絞《しぼ》れているんだ」と神妙《しんみょう》な顔つきで言い放った。

「え⁉」

「ここ最近ずっと宰相を捕捉《ほそく》した検知器具のデータを分析《ぶんせき》し続けたら、奴の魔力の特徴《とくちょう》……波形っていうのかな、おおよその形が分かるようになってきたんだ」

「ほう？　魔力の波形まで特定できるのは貴国くらいでしょうな」

「ふふ、褒《ほ》めてくれて嬉しいね。ありがとうございます。ただ、まだ精度が粗削《あらけず》りで、類《るい》似《じ》した波形も捉《とら》えてしまっていまして。魔力を持つ者に出国禁止を言い渡《わた》したところで、やっぱり数が多く――しらみつぶしに向かうのは、時間をロスする愚策《ぐさく》でしょうね」

（確かに、魔力を持つ貴族の家だけでなく――その貴族の縁戚《えんせき》や特異的に魔法が使える者もいるから、一概《いちがい》に絞れないんだわ……）

エドワードが話す内容に、何か解決策がないか……ナタリーもユリウスも考え始める。そんな二人に朗報とばかりに、エドワードは明るい声を出して。

「だからね、思いついたんだ。魔力を持つ者が一か所にたくさん集まれば、宰相の反応だけピンポイントで分かるんじゃないか、と！」

「それは、そうですわね」

「だが、いったいどうやって……」

ユリウスと一緒の疑問が浮《う》かび、二人してエドワードの顔をじっと見つめる。すると彼は、「良い報せ、二つ目だ」とゆっくり言葉を紡《つむ》いだ後、高らかに宣言した。

「武闘《ぶとう》祭を利用するんだ」

「……!?」

「……」

エドワードの口から出てきた言葉に、ナタリーはつい驚きを露《あらわ》にしていた。確かに彼の「魔力を持つ者が一か所にたくさん集まれば」という条件には当てはまるが……。

(武闘祭って、確か毎年……今頃《いまごろ》に開催《かいさい》されているわよね)

この祭りは魔法や武器を使って催《もよお》される――いわば、力自慢《ちからじまん》を兼《か》ねた国随一《ずいいち》の強さを競《きそ》う大会となっており、例年大きな盛り上がりの中で開催される。一対一のトーナメント形式で行われる試合の優勝者には賞金が贈呈《ぞうてい》されることもあり、観客も優勝者を一目見ようと大勢やってくる。

なにより、武闘祭当日だけでなく一週間ほど前からフリックシュタインの各地から名産品を携《たずさ》えてやってきた商人などが、王都の道を埋《う》め尽《つ》くすように露店《ろてん》を開く。普段《ふだん》お目にかかれない商品から、子どもたちが好む遊戯《ゆうぎ》やレクリエーションまで――幅広《はばひろ》く展開される。

そうした「武闘」以外も楽しめるのが、この祭りの醍醐味《だいごみ》なのかもしれない。ペティグリュー家では、そうした祭りを楽しむために毎年早めに王都に行くのが恒例《こうれい》になっていた。

(普段は用事がなければ王都へ行かないのも、武闘祭で王都に行くイメージがついているからかもしれないわね)

しかしそんな賑《にぎ》やかな武闘祭と元宰相《さいしょう》を捕縛《ほばく》する策、その両者のイメージを素直《すなお》に結びつけにくかった。

「毎年国内からの見物客――武闘祭を心から楽しむ民草やその賑わいを利用する商人たちはもちろん、参加する強者を自領へスカウトしたり、王家が主催《しゅさい》するこの祭事に顔を見せ、忠誠心をアピールしようとしたりする貴族も殺到《さっとう》するからね。雑多な魔力《まりょく》反応も収まると考えたんだ」

「なるほどな……」

「そこで王城で控《ひか》えている家臣たちに、検知器具を使用してもらおうと、そう思っているのさ」

ナタリーは、エドワードの話を聞いて目を見開く。もし本当にそれが上手《うま》くいけば、元宰相を捕まえるチャンスがやってくるのではないか。

「しかも宰相が持っている石は小さく、なんなら何度も魔法で攻撃すればダメになるものらしいからね？」

エドワードはニヤッと不敵な笑みを浮かべていた。一方でその言葉を聞いた瞬間《しゅんかん》、ナタリーの頭の中をある考えがよぎった。

（そういえば、エドワード様の騎士《きし》――〝影《かげ》〟から宰相様は魔《ま》法攻撃《ほうこうげき》を受けているはず。それなら宰相様の持つ石が、脆《もろ》くなっている可能性だって……あるわよね）

エドワードの話を聞けば聞くほど無理な話ではない気がしてきている中、ユリウスが口を開く。

「……もし、そうした状況《じょうきょう》に焦《あせ》った宰相が襲《おそ》ってきたらどうするのでしょうか？」

エドワードに視線を合わせながら、ユリウスは疑問をぶつけている。その疑問に、エドワードは目をぱちくりとさせたあと、すぐにほほ笑んだ。

「そうなったら、願ったり叶《かな》ったり……出てきた宰相を叩《たた》き潰《つぶ》す。それまでですね」

「……ほう」

エドワードの顔は笑っているのに、彼の瞳《ひとみ》はすごく冷えているように感じた。

（あら……？　さっきまで、知略を使って捕まえるとばかり……）

そう考えていたナタリーだったが、思いもよらず物騒《ぶっそう》な単語が聞こえてしまった。ユリウスの方を窺《うかが》うと、何やら考え込んでいる様子だった。

そんな中、寒々とした雰囲気《ふんいき》から一変してエドワードは「ふふ、冗談《じょうだん》さ！　冗談！」と笑《え》みをこぼす。

「じょ、冗談……？」

「うん。そもそも宰相は慎重《しんちょう》派だし、僕もできるだけわが国民に被害《ひがい》を出さないように最善を尽くそうと思っているよ」

エドワードはナタリーに、「混乱させてしまってごめんね」と謝った。そして仕切り直すかのように、今度はユリウスの方に身体《からだ》を向けて言葉を紡いだ。

「そこで、公爵。貴殿《きでん》に頼《たの》みたいことがあるんです」

「……なんでしょうか」

先ほど言っていた協力してほしいこと。きっとそのお願いなのだろう、と聞いていれば、エドワードはいたずらっ子のように歯を見せながら笑う。

「武闘祭に、出場してくれませんか？」

「……へ？」

思わず口から声がもれてしまった。エドワードは突拍子《とっぴょうし》もないことをユリウスに言ったのだ。そして極《きわ》めつけは——。

「僕も出るから、ぜひ楽しんでいただけたらと思っております」

「……ええっ⁉」

ナタリーは開いた口が塞《ふさ》がらなかった。

「殿下《でんか》は、冗談がお好きなようですね」

「そうかい？　今の僕は至って真面目《まじめ》なのですが」

ユリウスとエドワードが会話をする中、ナタリーはエドワードが言ったことで頭がいっぱいになる。

(殿下が武闘祭に出場するなんて、前例がないことだわ)

王族はあくまで、報奨《ほうしょう》を与《あた》える側なのだ。それが参加者と共に舞台《ぶたい》に立つなんて……ナタリーの知る歴史の中で聞いたことがない。それくらい前代未聞なことなのだ。別に王族が出場禁止というわけではないが……。エドワードの意図を理解しようと、彼を窺《うかが》い見ると。

「おや？　ナタリーは、僕の実力が心配なのかい？」

「い、いえ」

「ふふっ。なぜ出場するのかってところだよね」

ナタリーの疑問をしっかりと汲《く》み取り、エドワードは余裕《よゆう》そうに笑みを浮かべながら
「つまりは公爵《こうしやく》と僕が出ることで、間違《まちが》いなく注目が集まるだろう。それが狙《ねら》いなんだ」

と話した。

「宰相が王都にいれば居場所を特定できるし、地方にいれば浮いた魔力反応を検知することができるだろう？」

エドワードは武闘祭に注目が向くことの利点を楽しそうに話した。セントシュバルツとは違い、フリックシュタインの一般《いっぱん》的な貴族は武闘祭を観戦することで忠誠心を見せる名目がある。エドワード曰《いわ》く、だからこそエドワードが出場するのであれば、国の太陽の雄《ゆう》姿《し》を見ないまま過ごすことは到底《とうてい》しないだろう、という。しかもユリウスも参加するとなれば、名目以上に話題性や見たいという欲《よく》にもつながってくる。身分問わず注目度の高い武闘祭になることは間違いなしだろう。

「ただね。少し難があるところもあってね……」

エドワードはその注目によって起きる欠点として、ユリウスを正式に招くとなると国同士の公務という扱《あつか》いになることを話した。というのも、ユリウスが正式な来賓扱《らいひんあつか》いになれば何か漆黒《しっこく》の騎士団に頼《たよ》らねばならないことがあるんじゃないか、と思われてしまいかねない。それに漆黒の騎士という立場よりも、公爵という身分ゆえに過分な護衛をユリウスの身辺に置く必要が出てきてしまうという。つまり必要以上に「厳戒態勢《げんかいたいせい》」の雰囲気を、国民に悟《さと》られてしまうのだ。

厳戒態勢ゆえに、元宰相《さいしょう》が裏の意図として「自分の足取りを総出で捜索《そうさく》されていること」に気づいてしまうかもしれない。闇雲《やみくも》に刺激《しげき》することは避《さ》けたいからこそ、ユリウスを両国の親交を深めるという名目で、参加者として招待したいのだとエドワードは告げた。その招待は、定期的に開催《かいさい》される舞踏《ぶとう》会と同じ意味を持っているのだろう。

「公爵が出場することで自然と注目され、より多くの人を呼べるはず。あと三週間ほどあるから、怪《あや》しまれないようにしながらも、国民の安全のために警備や検問も強化しましょう」

「なるほど……」

「武闘《ぶとう》祭当日には、間違いなく国の魔力反応のほぼすべてが王都へと集中するでしょう」

エドワードの言葉に、目をぱちぱちとさせるだけのナタリーへ、エドワードは「こうすれば、宰相の居場所が見つからないってことはまずないと思うんだ」と明るく言った。

「しかも奴《やつ》は、おそらく誰《だれ》よりも公爵《こうしゃく》の力を恐《おそ》れている。だから公爵には作戦の切り札になってほしいんです」

「つ、つまり……」

「うん。見つかりさえすれば、今度こそ逃《に》がすことはない」

確かに地下遺跡《いせき》の事件の際に、元義母も元宰相はユリウスを恐れている、と言っていた。きっとそのことをエドワードも現在王城内で捕縛している元義母から、尋問《じんもん》して聞いたのだろう。

「ただ、宰相は王都には出てこられないだろうけどね」

「え……？」

「王族直属の家臣たちは魔力を王城に登録しているんだ。僕が作った魔法陣《まほうじん》で、王都内を自由に移動可能にするためにね。それのおかげで、王都内であれば居場所が丸わかり状態。だから王都に魔力を集中させることができれば、捕《つか》まえたも同然ということだね」

彼は得意げに「宰相の場合、登録は残っているけど魔法陣は使えないっていう状態だから検知器具に引っかかるリスクしかないここに、わざわざ来ないだろうね」と言った。その後、ナタリーのキョトンとした顔を見ると、エドワードは続けて「あ、言ってなかったね。ふふっ、そういう便利な仕組みを幼い頃《ころ》、作っていたんだ」と楽しそうに話した。

「宰相たちから褒《ほ》められて乗せられるがままに作ったんだけど、まさかこういう形で役に立つなんてね」と説明してくれる。

エドワードの話を聞いて、そもそも彼と共に何度も瞬間移動しているナタリーとしては、エドワードの才能が優《すぐ》れた発明を実現させたのだろうと感じた。アクセサリーを媒体《ばいたい》に魔法の発動ができること一つとっても秀《ひい》でている。

ゆえに元宰相としても、うかつにエドワードに近づきたくはないのだろう。やはりそうなると、元宰相の居場所特定を急いだほうがいいという考えに行きついた。

「そういうわけで、〝親愛なる〟公爵殿に来てもらいたいんだが、どうでしょうか？」

「……………」

「あ〜、僕に負けるのが怖《こわ》いのなら……参加しなくてもいいですよ？」

「なに？」

ユリウスの眉《まゆ》がエドワードの言葉に反応してピクッと動いた。その反応を煽《あお》るようにエドワードは強気に笑って話しながら、ナタリーにお願いしたいことを言ってなかったね？」

「そういえば、ナタリーにお願いしたいことを言ってなかったね？」

「え？　え、ええ。そうですわね……？」

ナタリーはエドワードと目が合い、彼が本当に楽しそうに話していることに気が付く。

「ナタリーには僕が優勝した暁《あかつき》には、祝福してほしいんだ。そうだな……ディナーを一緒《いっしょ》に食べるなんてのは、だめかい？」

余裕そうな笑顔から一変して、弟のような、子犬のような顔つきになるエドワード。端《たん》整《せい》な顔で、すがるように見つめられ「僕のやる気のための、わがままなんだけど……」とそう言われてしまうと、ナタリーの中で否定の言葉を出しづらくなる。

（お祝いをして、ディナーを一緒に食べるくらいなら難しくはないけれども。本当にそれだけで……？）

確かに、エドワードに報奨金はいらないだろう。しかし、ナタリーの祝福がそんなに価値があるのか――そう、疑問を抱《いだ》きつつも口を開いた。

「ささやかな貢献《こうけん》しかできませんが、それでやる気に繋《つな》がるようでしたら……」

「ありがとう。ふふ、とても嬉しいよ」

「よ、よかったですわ……」

「いや〜、もし公爵が大会に参加するのならこの祝福を巡《めぐ》って、勝負をしようと思っていたんですが――運よく、僕とディナーができそうだね」

「え、っと……」

「僕は、〝フェア〟だからね。独《ひと》り占《じ》めしないように公爵に提案したけれど、無理なら仕方ないですね」

エドワードが何を言っているのか、ナタリーは先ほどと打って変わって理解できなかった。なぜならエドワードもそうだが、ユリウスがナタリーとのディナーに釣《つ》られたりなんてするわけ——。

「俺も参加しましょう」

「えっ？　か、閣下……？」

「ご令嬢《れいじょう》。祝福やディナーが嫌《いや》だったら断ってくれて構わない」

「へ？　い、いえ。別に……」

ナタリーが慌《あわ》ててそう返事をすれば、エドワードは面白《おもしろ》そうに声を弾《はず》ませてユリウスに話しかけた。

「ふぅん？　無理しなくていいんですよ？」

「ふっ、むしろ〝親愛なる〟殿下こそ、勝負を取り下げるなら今のうちですが」

二人が言葉を交《か》わす中、ユリウスの返答にナタリーは驚《おどろ》いた。それは純粋《じゅんすい》に、本当に無理をしていないのだろうかという気持ちと、ユリウスが出場を決めた理由にだ。元宰相を捕《と》らえる計画のためだろうか。もしくはめったに戦うことができないエドワードと戦えるチャンスに、惹《ひ》かれたのかもしれない。

（き、きっと、考えた結果の理由なのよね……）

自分とのディナーで決意をするなんて……まさかそんなこと。

「出場を決めてくれて、心から嬉しく思います」

「ふん……」

「ああ、あと。副団長のマルク殿《どの》から、手紙を預かっておりましてね。〝団長がいないだけで騎士《きし》団内に安らぎ――いや、メリハリが生まれるから。気兼《きが》ねなく行ってきてね！〟だそうです」

「……マルク」

「良い部下殿をもったようで？」

懐《ふところ》から紙を取り出し、満足げな笑顔《えがお》のエドワードとは対照的に、苦虫を噛《か》み潰《つぶ》したような顔のユリウスは、「そうですね」と暗い返事をしていた。そんな会話中もずっと二人の視線は鋭《するど》く交わされている。

（だ、大丈夫《だいじょうぶ》かしら……？）

武闘祭で二人が怪我《けが》をしないようにとナタリーが祈《いの》る中、武闘祭にユリウスも参加することが正式に決まり、話はまとめへと移った。「検知はしやすいが、それでも国全体だから特定に時間がかかる。武闘祭後に、万全《ばんぜん》な準備をもって宰相を追い込もう」という結論になったのだ。そしてエドワードが、ユリウスとナタリーにそう告げたあと――。

「これで、僕の方からは全部かな。いや～、スムーズに話ができて本当に助かったよ」

会話を終えてニコッとほほ笑むエドワードとは逆に、ユリウスは何か思うところがあるのかエドワードを一瞬《いっしゅん》、鋭く見ながらも「……では、殿下《でんか》とは祭り当日に」と言った。そして帰り支度《じたく》のために立ち上がったとき、ナタリーは窓から漏《も》れる橙色《だいだいいろ》の光に気が付く。

「ああ、もう夕方だね」

「そ、その、エドワード様。私、お手洗いに……」

「おっと気が回らなくてごめんね」

屋敷《やしき》でも紅茶を飲み、会合でも紅茶を飲み……ナタリーはトイレへ行きたくなっていた。なかなか言い出せず、この時まで我慢《がまん》していたのだ。そんなナタリーの様子に、エドワードは謝罪して、すぐに使用人へ「彼女を案内してあげて」と命じる。そして、ナタリーに「戻《もど》ったら、僕が屋敷まで送ろう」と声をかけてきた。

「は、はい。ありがとうございます。では、失礼します」

そのままナタリーは、王城の使用人に案内されトイレへと向かっていくのであった。


ナタリーが退室し、部屋の中は、エドワードとユリウスだけになった。

「公爵《こうしゃく》の母君。少しは証言したものの、頭が追い付いていないせいか意識が朦朧《もうろう》としているようです」

「……そう、ですか」

エドワードの言葉を聞きユリウスは暗く沈《しず》んだ表情になる。そうしたユリウスを目にとめながらも、エドワードは続いて「彼女が、あなたの親だとしても……罪を軽くするつもりはありませんが……」そう口に出して、ユリウスの反応を窺《うかが》っている。ユリウスは姿勢を正してエドワードに向き合い、口を開いた。

「軽くしないで構いません。俺は減刑《げんけい》を望んではおりませんので」

「……そう、それなら特に問題はないですね」

「……わざわざ表面上だけ、俺を思いやらなくていいですよ」

「おや、僕はそんなに冷たい男に見えるのでしょうか？　悲しいですね」

エドワードはユリウスに、薄《うす》く口を開いて笑みを向ける。そして、「まあ、公爵の国ともめごとは回避《かいひ》したいですからね。あの〝約束〟もしかり」と言葉を続けた。

「……ふん」

「僕はあんな物騒《ぶっそう》な約束、無くしたほうがいいと思っていますが、公爵はどう思っているのですか？」

エドワードの言葉にユリウスは沈黙《ちんもく》した。ユリウスから反応がないことに、どう思ったのかエドワードは「まあ、僕の一存でどうにかできるのか不明だけど……ナタリーの親しい〝友人〟のためであればと思ったんです」と言う。ユリウスは、沈黙したままピクッと眉《まゆ》を動かし、エドワードを見つめる。

「おや、変な顔ですね。どうして、とでも言いたそうな」

「……」

「意中の女性に尽《つ》くしてあげたいと思うのは普通《ふつう》じゃないでしょうか？」

そしてエドワードはユリウスに相対して、真剣《しんけん》な面持《おもも》ちで声を出す。

「僕は、ナタリーを愛している。彼女の同意があればすぐにでも式を挙げたいくらいにね」

「……っ！　そ、そうですか……」

「公爵。あなたは、どうなのですか？」

エドワードは会合の時とは一変して柔《やわ》らかい笑みを消し、探《さぐ》るような視線をユリウスに向けた。その視線を受けてユリウスは思わずたじろぐ。

「……俺は」

ユリウスが何か言葉を返そうとしたその時、扉《とびら》が開く音がした。


「お待たせしました！」

使用人と共に部屋に帰ってきたナタリーは、二人の様子を見て「あ、あら。もしかして、お話し中でしたか……？」と慌てた。なんだかトイレへ行く前とは違《ちが》う雰囲気《ふんいき》を察知したので、そう問いかけたのだ。

「ふふ、大丈夫だよ。むしろ仲良くなったくらいさ」

「え、ええ……？」

全く仲のいい感じはしないのだが、とナタリーは疑問に思うものの、男同士の友情はこういうものなのかもしれない……と、ズレた考えに至った。男性との交流を防いできたお父様の教育の賜物《たまもの》である。

「ああ、そうだ。ナタリーを送った後に公爵も、僕の魔法《まほう》で送りましょうか？」

「まあ！」

暗い雰囲気だったが、エドワードがこう提案するくらいなのだからやっぱり、二人は仲良くなったんだとそう思った瞬間《しゅんかん》。

「遠慮《えんりょ》する。では、当日にまた……ご令嬢、お帰りは気をつけて」

「は、はい。閣下もお気をつけて」

エドワードの提案に乗らなかったユリウスが、部屋から出て行くのを見送ることになった。断られてしまったエドワードを窺うように視線を向ければ、彼は楽しげに笑っていた。

「公爵は照れやなんだろうね？」

「……？」

彼が言う〝照れや〟が何を意味しているのか分からず、頭の中に疑問符《ぎもんふ》が浮《う》かぶものの、これもまた友情があるからこそ、エドワードには分かることなのかもしれない。そう結論付け、ナタリーも帰り支度をして、エドワードの魔法で屋敷へと帰るのであった。

そして、翌日。仕事の早いエドワードのおかげか、新聞一面には、武闘祭《ぶとうさい》の話題がでかでかと書かれていた。『わが国の太陽と同盟国の月が大会出場!?』というニュースは、ナタリーの国・フリックシュタインだけでなく、同盟国・セントシュバルツにも届いているらしい。なにより、これを読んだナタリーの頭の中では、マルクがユリウスに茶化すように「団長が月って書いてあるよ……！　ひ、ひぃっ。よ、良かったじゃないか」と笑いながら言っては、小突《こづ》かれている様子がなぜだか思い浮かんでしまっていた。

そうした新聞の効果もあってか、フリックシュタイン内の注目が着実に大きくなっていることを感じる。ナタリーのいるペティグリュー領でも「武闘祭」の熱があるようで、「太陽と月はどちらが強いのだろうか」といった話題で持ちきりになっている、とミーナから聞いたのだ。武闘祭が盛り上がりそうなことに、明るい気分になるのと同時に、エドワードが考えた計画が上手《うま》くいってほしいと祈《いの》る気持ちも生まれていた。期待と不安がありながらも、大好きなお父様とお母様と共に過ごしていれば。

「今年も武闘祭の日が明後日《あさって》へと近づいてきた。――つまり、前日に王都で家族水入らず過ごせるビッグイベント……！」

「ふふ。今年はどんなお店があるのか楽しみね、ナタリー」

「はい、お母様」

夕食を家族でとっている際に、お父様が恒例《こうれい》になっている家族での行楽について意気込みながら話してきた。お母様も、祭りを楽しみにしているようで明るく声をかけてくれる。

「今年は戦争もあったし、武闘祭は中止になるかもしれないと思っていたから嬉《うれ》しいな。……しかし、今年はかなりの盛り上がりを博しているからな。危ないからナタリーは父さんの側を離《はな》れないように」

「あなた……ナタリーはもう大人なのですから……」

「ふふ」

前回の人生では戦争のせいで、お父様とお母様とこの年の武闘祭は楽しめなかった。だからこそ、毎年恒例の旅行を更新《こうしん》できることに、いつも以上に嬉しさを感じる。

（元気なお父様、そしてお母様とお祭りに行くのは今世では毎年のことなのだけれど――前回の人生のことも考えると随分《ずいぶん》久しぶりに感じてしまうわね。本当に楽しみだわ……でも――）

しかしふと、ペティグリュー領や地下遺跡《いせき》で出会った際の元宰相《さいしょう》の不気味な笑《え》みを思い出し、一抹《いちまつ》の不安を感じる。両親が亡《な》くなる未来は変えられたはずだが、戦争の原因である元宰相が捕《つか》まらないと、やっぱり完全には安心できない。

（でもきっと大丈夫《だいじょうぶ》。今度は閣下もエドワード様も味方なんだから――）

もうナタリー一人で運命を変えなければ、と意気込んでいた頃《ころ》とは違う。そう自分を勇気づけるように、膝《ひざ》の上に置いた手にきゅっと力をこめる。

エドワードはディナーをともにすればいいと言ってくれたが、元宰相を捕まえるために何かできることがあればナタリーも協力したい。そうして元宰相さえ捕まれば、ようやく本当の意味で安心できるような気がした。

その日の夜。ナタリーが自室で休憩《きゅうけい》していると、廊下《ろうか》からノック音が聞こえてきた。

「ナタリー。いるかい？」

「あら、お父様！　どうぞ」

返事をすれば――お父様が扉を開き、ゆったりとした足取りで部屋の中に入ってきた。お父様は、武闘祭に向かう準備をしながらも、相変わらずペティグリュー家の遺跡調査の協力もしていた。お父様の体調を気遣《きづか》いながら、ナタリーは対面の空いているソファに案内する。そして、お父様がソファに腰《こし》かけたのを見て窺《うかが》うように声をかけた。

「お父様、お疲《つか》れではないですか……？」

「大丈夫だよ。むしろ、明日久々に――みんなで出かけられるからね」

ナタリーの気遣いに嬉しそうな返事をしたのち、お父様は「明日が楽しみ過ぎて、眠《ねむ》れなくなってしまったら……どうしようかな」なんて、冗談《じょうだん》めいたことも言う。

「ふふ、お父様が言うと……本当に聞こえますね」

「おや？　父さんは、いつでも本気――いや、じょ、冗談だよ。そんな母さんと似た視線……うっ、胸が」

まさか本当に眠らないつもりなんてことはないわよね、とお父様の反応に疑惑《ぎわく》の目を向けると、お父様は過剰《かじょう》な反応を見せつつも一息つく。

「話は変わるんだが……ずっと、父さんは遺跡に行っていただろう？」

「え、ええ。そうですね」

「殿下《でんか》から派遣《はけん》された者と共に――見つかった資料とかを読んでな。その」

「何か、分かりましたの……？」

歯切れが悪そうなお父様は少し下を向いたのち、ゆっくりと顔を上げてナタリーと視線を交《か》わす。その表情にはどこか暗い影《かげ》があった。

「どうやらな。我々のご先祖は――魔法で攻撃《こうげき》ができない代わりに、魔導具や相手の魔力をはじく魔法の習得に力を入れていたようだ」

「ま、まあ」

ペティグリュー家は癒《いや》しの魔法のイメージが先行していて、攻撃といった武力面では期待されていない家だ。癒しの魔法と環境《かんきょう》を保護する魔法――あくまで、人体に害を及《およ》ぼさない魔法を得意とする。

しかし先祖は、そうした部分を乗り越《こ》えてさらなる発展を目指していたのかもしれない。

……と思った矢先、ナタリーは先日エドワードから聞いた話を思い出した。

(そういえば、危険視されたがために宰相様の一族は取り潰《つぶ》されたと――)

先祖の研究が、必ずしも喜ばしいことに転んだとは思えない。むしろそういった研究を捨てて、今のペティグリュー家があるのだ。そのことが脳裏《のうり》をよぎり、ナタリーは暗い表情となる。ナタリーの表情を見て察するものがあったのか、お父様はおもむろに口を開く。

「ナタリーも気づいたかもしれないが、地下で封《ふう》じられていたということは――やはりこの研究は、ペティグリュー家にとって、良くないものだったんだ」

「そう、なのですね」

「父さんもな、はじめは国の発展に繋《つな》がる研究なのにと思ったんだ。しかし先祖の意図を読み解いていったら……過ぎる力は消されてしまうことへの懸念《けねん》が書かれていた」

「……」

お父様が言うには、先祖が書き残した資料には、ペティグリュー家とは別に素晴《すば》らしい研究成果を残していた家──すなわち元宰相の一族についても記載《きさい》があったらしい。頭角を現し始めた彼らは多大な利益を目論《もくろ》んだのか、または綿密な結果が出るまで公表は時期尚早《しょうそう》と思ったのか……危険な魔導具の開発を秘密裏に行っていた。

そのことが王家へと伝わった結果、元宰相の一族の言い分を聞くのもそこそこに、まるで見せしめのように力をはく奪《だつ》された。そして王家が彼らの研究内容を管理するようになった──という顚末《てんまつ》が書かれていたのだとか。そんな惨状《さんじょう》を見た先祖は、地下遺跡に隠《かく》すように──すべてを封印した。開発しかけていた新たな魔法《まほう》も、魔力ごと石柱に注ぎ込んで遺伝しないように葬《ほうむ》り去ってしまったということだった。

それなら、ナタリーが魔法を無効化できたのは──そう思った瞬間《しゅんかん》、お父様と視線が合う。お父様は、気まずそうな顔をしながら。

「ナタリーの手からあふれた光や魔法を消す力は、もしかしたら隔世《かくせい》遺伝、先祖返りなのかもしれない」

「先祖返り……」

「ああ……現在もあるなんて──王家に知られていない力だ」

「……っ」

「具体的には王家とその側近などに……だな。そこに見つかってしまうと……」

そう言ってからお父様は、悲しそうに眉《まゆ》をひそめて「どうなってしまうのか。父さんも分からないんだ」と、苦しそうに話した。

「ナタリーの話を聞くに公爵《こうしやく》様の母君にしか見られていない、で合っているか？」

「は、はい」

「ふむ……彼女は罪人として宰相に関する証言は聞き取られるだろうが、ペティグリュー家の話をしても妄言《ぼうげん》としてみなされる可能性が高い」

そう考え込むようにお父様が口を開き、「公爵様の母君にしか見られていないというのは、幸いだった」とナタリーに優《やさ》しく言った。そのまま、お父様は自身にも言い聞かせるように声を出す。

「あの光や効果に関しては、資料にも載《の》っていなかったことだ。あくまで父さんの見立てで先祖返りと言ったが、公表しなければ大事はないだろうと……そう、思っているんだ」

「お父様……」

「父さんは、ナタリーが嫌《いや》な目に遭《あ》うことは耐《た》えられない。どうか、バレないように……」

そう話すお父様は、眉間《みけん》に強く力を込めていた。きっとお父様も王家に隠し事をしなければならない状況《じようきよう》に、胸を痛めているのだろう。そんな様子を見て、ナタリーは決断したように口を開いた。

「わかりました」

「ナタリー……」

「私も、ペティグリューにとって辛《つら》いことに……繋がってほしくありませんもの」

そうしたナタリーの言葉を聞いたお父様は、ほっとしたように肩《かた》から力を抜《ぬ》き、「ありがとう。それと不安に思わせてしまって……すまないな」と言葉を紡《つむ》ぐ。

「お父様、謝る必要はありませんわ！　むしろ、ちゃんとお話をしてくださって、私、嬉《うれ》しいんですの」

「ナ、ナタリー……」

こみあげるものでもあったのか――お父様は、むせび始めたかと思うと「ううっ。こんな、立派に成長してくれるなんて……嬉しいけど、もっと甘えてくれたって……」とブツブツ言いだした。

「ほ、ほほほ……」

「ううっ、いつでも父さんの胸はあいているからな！」

普段《ふだん》の調子に戻《もど》ったお父様に、愛想《あいそ》笑いを浮《う》かべながらナタリーは、ふと地下遺跡《いせき》の騒《そう》動《どう》のことを思い出す。

地下遺跡の一件でユリウスもナタリーの先祖返りかもしれない魔法を目撃《もくげき》していたはずだが、事件以降ナタリーにその件で話しかけてきたことはなかった。そもそも当時、彼自身が大きなケガを負っていて意識が朦朧《もうろう》としていた。この不確定な事実をお父様に伝えて心配させたくない。そう思うのと同時に。

（閣下は私の魔法の秘密を知っても、きっと無暗《むやみ》に話さない――）

なぜだか、そう思えて……不思議とユリウスにこの魔法を知られたかもしれないことに不安を覚えることはなかった。だからこそ、今後――魔法を使うときは用心しなければと思いつつ、現在は目の前の泣き虫なお父様をあやすことに注力した。しかし結局、お父様の喚《わめ》き声を聞いたお母様によってお父様は回収されていき、明日の家族旅行に向けて、ナタリーは眠りにつくことになった。

第二章　武闘祭と淀み

「うう……ご、ごめんよ……父さんのせいで……」

「いいえ！　お父様のせいではありませんわ！」

「でもあなた、昨日は一段と眠《ねむ》るのが遅《おそ》かったようですね？」

「うっ……」

　家族旅行として、武闘祭の露店巡《ろてんめぐ》りをするため王都へ向かっている時に事件は起こった。馬車の中でお父様が顔を真っ赤にして、倒《たお》れてしまったのだ。そして馬車の揺《ゆ》れがダメなようで「は、吐《は》き気が……うぅ……」と、馬車を急遽《きゅうきょ》止めて、馬車内でお父様は横になって寝《ね》ている姿勢だ。

　ナタリーをはじめ、お母様とミーナが馬車から降り、心配そうにお父様を見守っている状況になっていた。お母様が言うには、昨日ナタリーのもとから回収されたのちお父様は、それはもう家族旅行のことで頭がいっぱいになっていたようで――ずっと眠れずにゴロゴロと寝返りを打っていたらしい。

「本当に……子どもみたいでしょう？」

「で、でも私も楽しみにしていましたから」

お母様の言葉に、ナタリーは苦笑《くしょう》しながらもお父様の身を案じる言葉をかけた。

(きっと私の手から出ていた光についても、心配して考えてくださっていたんだわ)

お父様もお父様なりに、家族を思ったが故《ゆえ》の体調不良の可能性があると思えば、呆《あき》れよりも心配が勝ってしまう。しかし一方でペティグリューの癒《いや》しの魔法は、家族間で使用できない。すなわちお父様に使用できないため、こうして途方《とほう》に暮れてしまっていた。その不運に重なるように、現在馬車が止まっているのは王都とペティグリュー領のちょうど真ん中——どちらからも近くない場所だった。

「どうしましょうねえ……本当は、王都で館《やかた》を借りて一泊《いっぱく》する予定だったのだけれど——お父様の体調的にも厳しそうよねえ」

「いや、僕のことは気にせずに——」

「もう!　あなたは回復に専念してくださいまし」

「うう……ごめんなさい……」

お母様の言うように、距離《きょり》的に王都へ向かうのもペティグリュー領に戻るのも馬車では長時間かかってしまうのだ。幾度《いくど》か通りがかりの貴族が、心配そうに声をかけてくれたもののの時間帯がまだ昼だったこともあり、お気になさらず、と返事をしていれば——あっという間に夕刻が迫《せま》り始めていた。

王都へ向かっている馬車の存在もぱたりと無くなり、そろそろ王都へ行くのかペティグリュー領に戻るのかを決めないとまずい。お父様の体調も少し回復し始めたようだし、とお母様とどちらへ馬車を進めるか話そうとした時、馬車が近づいてくる音が聞こえる。

（あれは――）

音の方向へ視線を向ければ見覚えのある鷹《たか》の家紋《かもん》が目に入ってきて、思わずナタリーは目を見開く。そして隣《となり》で立っているお母様も「まぁ！」と驚《おどろ》きの声をあげる中、鷹の家紋が描《えが》かれた馬車は、こちらに気づいたようにスピードを緩《ゆる》め――そのまま停止した。そののち、ガチャッと馬車の扉《とびら》を開ける大きな音がして……。

「大丈夫《だいじょうぶ》かっ⁉」

中から現れたのは宝石のように輝く赤い瞳《ひとみ》に、焦《あせ》りながらも美しい相貌《そうぼう》のユリウスだった。彼はナタリーとお母様のもとへすぐさま近寄り、無事を確認《かくにん》する。そんなユリウスにナタリーが呆気《あっけ》に取られていれば、お母様が「漆黒《しっこく》の騎士《きし》様、お久しぶりですね」と声をかけた。

（あ、挨拶をするのを忘れていたわ……！）

あまりにもまさかの登場だったので、動揺してしまった。お母様に促《うなが》される形でナタリーも挨拶をすると、ユリウスもハッと冷静になったようで、挨拶を返してくれた。そしてお母様は現状を説明するように、お父様の体調不良をユリウスに伝えるのであった。

「なるほど……領主殿《どの》が……」

「ええ、本当に困った人でしょう？」

「い、いえ……」

お母様の言葉に、少したじたじになりながらもユリウスは馬車の中でぐったりとしているお父様を見て案じる顔つきとなる。顎《あご》に手をあて、考える仕草をしたかと思えばおもむろに口を開いた。

「よければファングレーで借りている館へ招待したいのだが――どうだろうか？」

「え？」

「俺も王都へ向かう途中《とちゅう》だったのだが、その……団員達が働いている中、王都でゆったりと過ごすのに少し抵抗《ていこう》感があって、だな。王都よりも手前にある街の中で、館を借りているんだが」

ナタリーがユリウスの言葉に耳を傾ける中、言い慣れない言葉に少し口ごもりながらもユリウスがナタリーとお母様に提案をしてくれた。

「今いる場所からそう遠くないから――領主殿の体調を考えて、と思ったんだが……」

「い、いいのです……か？」

「ああ、もちろん。フランツを呼ぶには時間がかかるから、別の医者を館には呼ぼう」

「まぁ！　ナタリー、公爵《こうしやく》様のご提案は願ってもないことよね？」

「ええ。その――ご迷惑《めいわく》をおかけし、本当に申し訳ございません……」

「大丈夫だ」

かしこまって言葉を出そうとして――尻すぼみになるナタリーの声に、ユリウスが力強く返した。

「何度も世話になっているのはこちらだから……むしろ助けになれるのなら嬉《うれ》しい」

そう真っすぐにこちらを見て、ユリウスは言葉を紡《つむ》いだ。その様子にナタリーは胸の奥が温かくなった気がした。そして、ナタリーは姿勢を正したのちにユリウスに向き合う。

「ありがとうございます。閣下」

自然と笑《え》みをこぼしながら礼を言った。そんなナタリーに、ユリウスは表情を柔《やわ》らかくしながらこくりと頷《うなず》く。ナタリーの後ろからお母様が嬉しそうな声をユリウスにかけた。

「夫のことを考えてくださいまして……公爵様、ありがとうございます。それでは、ご厚《こう》意《い》に甘えさせていただきますわね」

「ああ」

そうしてユリウスが乗っていた馬車について行く形で、ファングレー家が現在借りている館へと向かうことになった。

ゆるやかな坂道や、林道を進みながら馬車で少し揺られたのち、その館へたどり着いた。王都手前にある街の中で周囲とは一線をかくすほどひと際《きわ》大きな屋敷《やしき》で、ナタリーはその建物の立派さに思わず驚いた。後から館の使用人に聞いた話によると、漆黒の騎士団はフリックシュタインを守るために王都へ向かう機会が多いこともあって、フリックシュタイン王家から便宜上《べんぎじょう》貸《か》し与《あた》えられている館ということだった。

もちろん王都でも歓待《かんたい》は受けられるし、王城でも騎士団宿舎を借りられるようにはなっているらしいのだが――先代のフリックシュタイン王が、騎士団にだってプライベートがあるのだからずっと王都にいては気疲れするだろうと……〝温情〟として別荘《べっそう》を設ける形で王都から近い土地を貸したとのことだ。

素直《すなお》に土地を貸すのではなくわざわざ〝温情〟という単語を用いていることから、ファングレー家や漆黒の騎士団に対してフリックシュタインへの不満を削《そ》ぐ狙いがあったのかもしれない。「待遇《たいぐう》をよくしてやっているから、逆らうなよ」という無言の圧のようなものを感じる。

しかもそうした別荘を避《ひ》暑《しょ》地ではなく、あくまで王都の近く――王都よりも高い場所に位置したところを選んだことにも意味がありそうだ。王都が一望できるこの場所、そして王都までゆるやかな下り坂が続くという点から、いち早く駆《か》けつけよ……という別の意図が透《す》けて見えたのだ。しかしそうした館の概要《がいよう》を知る以前に、この時のナタリーはお父様の容態にハラハラと心配な気持ちでいっぱいだった。

「お父様……！　閣下のお屋敷に着きましたわ……！」

「う……うぅ……」

馬車が止まっていた時は、少し回復したように見えたお父様だったが、馬車を走らせたことで車酔《くるまよ》いしてしまったのか――また顔色が悪くなっており、体温も心なしか高くなっている様子だった。そのためユリウスが言った館に着いた際は、その館の使用人たちによって運ばれるお父様につきっきりで、滞在《たいざい》する部屋までついていった。

そしてユリウスは宣言した通り、いち早く街の医者を呼んできてくれたのであった。呼ばれた医者は、お父様の容態を診《み》ると――。

「過労や睡眠《すいみん》不足による貧血ですな……それに熱が出てしまっているようだ」

「そうなのですね……！」

「しかし良かった――まだ悪化する前でしたから、今日処方をする薬を飲めば症状《しょうじょう》は治まるでしょう。ただしばらくは、過度な運動は控《ひか》えて身体《からだ》をお大事になさってくださいね」

「夫によく言い聞かせますわ。……今回は診てくださって誠にありがとうございます」

「いえいえ、それでは失礼しますね」

薬を処方した医者がその場から去れば、部屋にはナタリーとユリウス、そしてお母様が、ベッドで少し顔が赤くなっているお父様を心配そうに見つめていた。ちなみに、ミーナは館《やかた》に着くのと同時に「旦那《だんな》様と奥様、そしてお嬢様《じょうさま》の支度《したく》を手伝えるように、ここの屋敷の情報を聞いてまいりますね」と意気込んで駆け出して行った。

「ほら、あなた……お医者様から処方された薬、飲めますか？」

「うう、飲む――それより、こ、公爵様……この度《たび》は本当にあり、がとうございます……」

「気にしないでくれ。体調回復に専念してもらって構わない」

いつもはナタリーのことでユリウスに鋭《するど》い視線を送っているお父様も、そうした振《ふ》る舞《ま》いはせず、おとなしくベッドの上で休んでいる。処方された薬を飲み、ゆっくりと休んでいるお父様を見て、ナタリーはホッとするのと同時に思うところがあった。

（いつもは明るく振る舞っていたけれども――お母様や、みんなを心配させないように、お父様は一人で抱《かか》え込んでいたのだわ）

昨日ナタリーにペティグリュー家の研究のことを話すまで、いったいどれほど家族のことを考えてくれていたのだろうか。ナタリーにだって、きっと何度も悩んだ末に打ち明けてくれたのだ。それほどまでに、お父様はなるたけ家族を……そしてナタリーを心配させまいとしてくれた。そのことに気づいたナタリーは申し訳なさ、自分の不甲斐《ふがい》なさを実感し、つい顔を下へ向けてしまう。

（もっと、私がしっかりとしていれば――）

「ナタリー、父さんに顔を見せてくれないか？」

「っ！　お父様……！」

「心配させてしまって、すまない。今日の旅行のことで夜更《よふ》かしをし過ぎたみたいだ」

「い、いいえ……！」

「だが、もう安心してくれっ！　明日になれば、不埒《ふらち》な輩《やから》からナタリーを守る気高き騎士《きし》に――っ」

「あなた……」

「お、おっと……け、決して公爵様に宣戦布告をしているわけではないですからね？」

「……承知した」

お母様が、お父様のナタリーを守るための口上を、呆《あき》れた様子で止めに入る。そして「ナタリーのことを考えてくださるのは結構ですが、あなたは自分の身体を休めることに専念してくださいませね」と小言を漏《も》らしていた。

その言葉には、もちろんいつものお父様に対する苦言の意味もあったのかもしれないが、それ以上にお母様の心配の気持ちがいっぱいにこもっていた。そんな両親の様子に、ナタリーの心は少し軽くなり前向きな気持ちへと変化していく。

「お父様、明日には元気なお姿を見せてくださいね」

「ああ！　もちろんだとも！　よし父さんは寝《ね》るぞ！　ぐう……」

「まあ、あなたったら……もう。お父様が寝てくださったようですから、ナタリーも一度お部屋で休んだらどうかしら？　今日はずっとお父様を看病していたでしょう？」

「……！　で、でも、お母様もそれは――」

「ふふ、私はもう何十年も振り回されていますから……むしろ、楽しいくらいだわ。なにより、ナタリーも昨日は遅《おそ》くまでお父様とお話をしていたでしょう？　ナタリーも体調が悪くなってしまったら、私はもう……」

「お、お母様……！　私も少し休んできますわ……！　お気遣《きづか》い、ありがとうございます」

ナタリーがお母様の言葉を素直に受け取る様子を見せれば、お母様は満足そうにほほ笑んでいた。側で見ていたユリウスが館の使用人を呼び、ナタリーが本日休む部屋まで案内してくれる手筈《てはず》を整えてくれる。

そうして、ナタリーがお父様の休む部屋から退出すると――部屋の中には、寝ているお父様と側で見守るお母様、そしてユリウスが残された。

ペティグリュー伯爵《はくしゃく》夫人は自分の夫がゆっくりと休んでいる様子を見てからユリウスに振り向き、丁寧《ていねい》な所作で礼を言った。

「この度は、公爵《こうしゃく》様のおかげで夫……ひいては、家族が助かりました。改めまして感謝申し上げます」

「っ！　お気になさらず」

「ふふ、公爵様はお優《やさ》しい方ですね」

「そんなことは──むしろ、ご令嬢《れいじょう》のおかげで俺こそ何度も救われているので……」

「まあ！　そうでしたのね……！　ナタリーも優しく、立派に育ちましたから」

ユリウスの言葉に、彼女は嬉《うれ》しそうにほほ笑《え》んでから「ナタリーは自慢《じまん》の娘《むすめ》なのです」と言葉を紡《つむ》いだ。そしてその後、眉《まゆ》を八の字にしたかと思えば。

「ただ……家族や相手を優先するあまり、自分のことを二の次にしてしまうのが──親としては少し心が痛みますわね……」

「……！」

「今日の旅行は、ナタリーに目いっぱい楽しんでもらおうと夫と話していたのですが──

誰《だれ》も悪くないとはいえ……申し訳なさを感じておりまして」

「……」

「あら、やだわ……！　つい、公爵様に家の事情を話してしまいましたわね。申し訳ございません」

「いえ……ご夫人も、本日はゆっくりとお休みを」

「ふふ、ありがとうございます。もう少しだけ、夫の寝顔《ねがお》を見ましたら休みますね」

ペティグリュー伯爵夫人は、そう言いながら夫の頭を優しく撫《な》でた。

そしてユリウスは、部屋から退出し——屋敷《やしき》の窓に目を向ける。夕日が完全に沈《しず》み、時刻は夜となったばかりであった。ユリウスはその夜空を無言で見つめたのち、少し眉間《みけん》に力を込めたかと思うと何かを決意したようにその場を後にしたのであった。

使用人に案内されて着いたナタリーの部屋は、王家が貸した土地にふさわしく広々とした、掃除《そうじ》が行き届いている綺麗《きれい》な部屋だった。案内された当初、ナタリーはペティグリュー家の自室よりも広い部屋に目を奪《うば》われていたが、それはほんのわずかの時間で終わり、自身の足腰《あしこし》が疲《つか》れを主張していることに気がついた。

使用人が出て行ったのをきっかけに、休みを求める身体に逆らわず……ナタリーはソファでのびのびと寛《くつろ》いだ。ミーナは未《いま》だにナタリーの部屋に戻っておらず、きっとこの館の隅《すみ》の隅までくまなく把握《はあく》しているのだろう。

(ふかふかのソファだわ……ベッドも寝心地《ねごこち》がよさそう。お父様のことで頭がいっぱいだったけど、今日は思いのほか立ち続けていたわね)

ふぅと一息ついて、今日一日の出来事を思い返す。お父様の不調が緩和《かんわ》されたのは本当に良かったと思う反面、武闘《ぶとう》祭の催《もよお》しを目いっぱい楽しみたかったと思う気持ちもあった。我ながら子どもっぽいと、ナタリーはため息をついてしまう。しかしそれほど今までの武闘祭に関する思い出が楽しいものばかりで、懐《なつ》かしさや期待感が大きくなってしまっていたのかもしれない。

(もう! 楽しみにし過ぎていたのもあるけれど、切り替《か》えなきゃ!)

そう自分に活を入れていれば、ふと今日ユリウスと出会った時のことを思い出す。そういえば、時が戻《もど》ってから初めてユリウスと出会った時も馬車がきっかけだった。あの時は盗賊《とうぞく》への対応と、ユリウスへの恐怖《きょうふ》心でいっぱいだったのだが——現在は、あの時とは全く心情《じょうきょう》も状況も変化している。

(これからは一歩ずつ進んで行く——そう、閣下と決めたのよね)

前回の生とは分けて、お互《たが》い前を向いていくとペティグリュー領の丘《おか》で話したのだ。きっとそのこともあって、ユリウスの顔を見ても、普通に接することができているのかもしれない。だからお父様が体調を崩《くず》した今日のことだって、ユリウスが来てくれたことに対して思わず柔《やわ》らかな笑みをナタリーは浮《う》かべたのだ。

(お母様やミーナがいたから、慌《あわ》てることはなかったけれども――閣下が来てくださってなぜだかホッと……え?)

ナタリーは自分の脳裏《のうり》をよぎった想《おも》いに思わず、目を見開く。そして誰もいない空間なのになぜか見えない誰かに対して否定をするように、口を開いた。

「ち、違うわ。どこに向かうべきか迷っていたから、つい不安もあったのよ。だから、閣下の提案を聞いて、ホッとしたの。そうに違いないわ……!」

まるで自分に言い聞かせるように言葉を発した後、ナタリーは意気込むように手をぎゅっと握《にぎ》った。しかし冷静な脳が、自分の口から出た言葉はあくまで姿を見た後の話であり、ユリウスの姿を見た時に感じたことは……と、事実に目を向けさせようとする。そんな考えを振《ふ》り払《はら》うように、そしてなぜだか少し体温が上がったナタリーは首をぶんぶんと振っていた。

身体《からだ》に感じていた疲れも和《やわ》らぎ始めた頃、ナタリーの部屋にドアをノックする音が響《ひび》いた。

「……!」

（そろそろ夕食の時間だから、ミーナが戻ってきたのかもしれないわね）

きっとこの館《やかた》を駆《か》け巡《めぐ》っていたであろうミーナを迎《むか》え入れようと思ったナタリーは、スッと立ち上がりドアをガチャッと開けた。

「ミーナ、遅かったわ……ね……」

するとそこには、明るく朗《ほが》らかなミーナではなく――漆黒《しっこく》の衣服に美しい相貌《そうぼう》、そして赤い瞳《ひとみ》を持つユリウスが目と鼻の先にいたのであった。その事実を頭で認識《にんしき》するまで長くはかからず、驚《おどろ》きに目をぱちくりとさせたのち、ナタリーは口早に声を発した。

「ぶ、無作法を申し訳ございませんっ」

「っ！　あ、いや……今、声をかけようと思っていたのだが、俺が遅《おく》れてしまった――すまない」

「か、閣下は何も悪くは――」

「いや、君を混乱させて――」

まさかユリウスが訪問してくるとは思っていなかったナタリーは、自分が何を言っているのか頭が追い付かずにいた。それはきっと、ユリウスも同様だったようで、ひとしきり互いに謝り合った後、ユリウスがこほんと場の空気を変えるように咳《せき》ばらいをした。

「その、疲れなど――身体は大丈夫《だいじょうぶ》か？」

「ええ、休ませていただきましたので、疲れがだいぶ取れましたわ。ありがとうございます」

「それなら、良かった。明日、ここから王都へ向かう際はこちらが道を先導させていただこう」

「まあ……！　お気遣《きづか》いいただきありがとうございます」

「お互い向かう場所は同じだからな、気にしないでくれ」

ユリウスの言葉を聞き、もしかしたら武闘祭での連絡《れんらく》に関して伝えねばならないことがあったのかもしれない、とナタリーはじっとユリウスを見つめる。ナタリーの脳内には元宰相《さいしょう》の件以外にも、地下遺跡《いせき》事件後の彼の体調に対する心配も生まれていた。そもそも心配はナタリーの杞憂で、そろそろ夕食時だからと、呼びに来ただけという可能性もある。

ナタリーがアメジストのような瞳をユリウスに向ければ、ユリウスは少し眉間に力を入れたのち、きゅっと口を引き結んだ。そして何かを決するように、口を開くと。

「その、夕食まで、少し時間をいただけないだろうか？」

「え？」

「無理にとは言わないが、可能であれば……」

（武闘祭だけでなく、宰相様の件についての相談だったりするのかしら……？）

ユリウスの誘いに、心当たりのありそうな話題を思い出す。そして確かに夕食時まで時間があるのだから、と思ったナタリーはすんなりと口を開いた。

「時間はありますので、私にできることでしたら――」

「そう、か。その……上の階のバルコニーへ行くのだが」

「バルコニー……？」

ナタリーは思わずユリウスの言葉を復唱しながら、彼についていくのであった。そうして館の階段をゆっくりと上った先、廊下《ろうか》の突《つ》き当たりに大きな扉《とびら》があった。そこへ迷いなくユリウスは向かっていき、おもむろにその大きな扉に手をかけたのちナタリーへ声をかけた。

「君の好みであれば、いいんだが……」

「え……」

（もしかして、閣下は用件があって来たのではなく――）

自分が考えていた内容が、もしかしたら勘違《かんちが》いなのかとナタリーがハッと気づいたのと同時に、ユリウスの手によって大きな扉が開かれる。開かれた先は、広々としたバルコニーになっており、直下には館がある街が見える。そして――。

「わぁ……！」

ナタリーの目の前に広がったのは、王都にともる様々な色の光だった。明日はいよいよ武闘祭、だからこそ王都では夜通し踊《おど》りや歌、そして華《はな》やかな催しがたくさん開かれているはずだ。夜に映《は》えるその光は、きっと誰《だれ》も彼もが喜び、楽しんでいるという証拠《しょうこ》に間違《まちが》いなかった。

ナタリーも今まではずっとあの光の中で、踊りや催しを楽しんでいた。しかし王都を温かく包むように広がる、光の数々に圧倒《あっとう》され――ナタリーは初めて見た光景の美しさに、目を奪われてしまっていた。思わず、興奮して満面の笑《え》みで、ユリウスへ振り返ってナタリーは声を上げた。

「とても、とっても綺麗《きれい》ですね……！」

(本当に美しいわ……！　きっとみんなが楽しんでいるからこそ、あんなにも綺麗なのね)

「ああ、そうだな……」

ナタリーの感動した声に、こちらを見ているユリウスは柔らかくほほ笑んでいたのだ。バルコニーにある照明がそのように感じさせるのか、それとも王都の光を見たことで自分の目の調整が利かなくなってしまったのか。どこか夢見心地のまま、ナタリーはユリウスに対して、頭にあった言葉を口に出す。

「何か、相談があるのかと……あ！　その……お身体の調子はいかがでしょうか？」

「ん？　ああ、身体は問題ない。しかし気遣《きづか》いには感謝する」

ユリウスの体調のことを聞き、ナタリーは安心した。しかし彼は少し咳ばらいをしたかと思えば、「この美しい景色を目に焼きつけたくてな……」と語った。

「たしかに、ずっと見ていたくなるほど綺麗な光景ですわね」

「ああ」

「？」

ふとユリウスの声色《こわいろ》が、いつもとは違って凪《な》いで感じられた。彼の様子を窺《うかが》ってみれば、遠くの王都を無心に見つめているようにも思えて……ナタリーは不思議な感覚を持った。

そんなナタリーの視線を感じてか、ユリウスがナタリーの方へ視線を向ける。すると先ほどの穏やかだがどこか寂しげな印象はなくなり、何故《なぜ》だか緊張《きんちょう》した面持《おもも》ちに変化していたのだ。ユリウスは「その……俺がここへ来たいという気持ちももちろんあったが、この場に来た真の目的と、いうのはだな……」と言葉を濁《にご》してから、ナタリーにはっきりと聞こえるように言葉を紡《つむ》いだ。

「君に、喜んでほしくて……」

「え？」

「どんなに大変な時でも、真っすぐ前を向く君が……喜ぶことをしたかった」

ユリウスの言葉一つ一つが、ナタリーの胸の奥に入ってくる。いつもクールなユリウスが、こんなにも直球に言葉をかけてくるからこそ、余計にそう思うのだろうか。

(もしかして、私。気が付かないうちに、武闘《ぶとう》祭の催《もよお》しを楽しみにしていたのが顔に出ていた……？)

なによりユリウスの言葉から分かるのは、ナタリーの楽しみを叶《かな》えようと動いてくれたということで。ナタリーの心には、嬉《うれ》しさや驚き……それともまた違《ちが》った大きな波が押し寄せるように溢《あふ》れてきて、自分でも制御《せいぎょ》が利かない熱さを感じる。何か変な病にかかってしまったとでもいうのだろうか。だってそうでなければ、ナタリーの胸がこんなにも高鳴るなんておかしい。先ほど部屋で感じたように、またもや体温の上昇《じょうしょう》を感じる。それとも、もしかしたらお父様の体調不良を貰《もら》ってきてしまったのかもしれない。

「ペティグリュー領での景色も綺麗だったから――ここから見える景色も気に入ってくれたら……と思って」

「そ、そうでしたの、ね。とっても気に入りましたわ！　ありがとうございます……！」

「そうか、よかった」

ナタリーのことを思うが故《ゆえ》の行動だったのだと知って、またもや自分の心臓あたりがおかしな動作をしている。まるで武闘祭の賑やかさを体現するくらいの勢いだ。なにより、ユリウスが優《やさ》しく、そして嬉しそうにほほ笑んでいるその様子に、うまく視線を向けられない。ナタリーは自分の緊張を隠《かく》すかのように、ユリウスから出た「ペティグリューの景色の話題」を口早に話し始めた。

「し、しかもペティグリューの景色のことを褒《ほ》めてくださいまして、とても嬉しいですわ。実はあの丘《おか》では、秋ごろになると山の紅葉が一面に広がって、本当に素敵《すてき》なのです」

「ほう。そうなのか」

「ええ！　しかもお母様の好きなコスモスが丘を覆《おお》うように咲《さ》き誇《ほこ》って……そうだわ！　今日のこともありますし、ペティグリューの景色をまたぜひ閣下に案内できたら――と思うのですがいかがでしょう？」

「ふっ。それは楽しみだな。そうか、秋か……」

ナタリーが妙案《みょうあん》を思い付いたとばかりにユリウスに語り掛《か》ければ、ユリウスは少し思案している様子だった。武闘祭は夏の終わりに開催《かいさい》する。そのため秋頃《ごろ》となると、遠くもない時期に当たる。しかしその頃には、きっとユリウスは騎士《きし》団の仕事に精を出しているはずで……そう考えると、ナタリーは少し寂しくなった。

「騎士団のお仕事もありますし、やはり厳しいですわよね。私のわがままで、困らせてしまって、申し訳――」

「だ、大丈夫《だいじょうぶ》だ！」

「え……？」

「その、君の言葉が嬉しくて……なんとしても、何が何でも俺は行きたい」

ユリウスは真剣《しんけん》な表情でナタリーに言葉を紡ぐ。彼の言葉があまりにも一生懸命《いっしょうけんめい》で、それがひしひしと伝わり、ナタリーは誘《さそ》って良かったと思うのと同時に――。

「ふふ」

「っ！　な、何か失言してしまっただろうか？」

「いえ──その、そこまで楽しみにしてくださっていることが、本当に嬉しくて。私、閣下の期待に応《こた》えるべく、全力で案内しますね」

「ふ、頼《たの》もしいな」

「私の本気をお見せいたします！　だからいらしてくださいね？　これはいつぞやの再戦の申し込みではなく……約束、です！」

「……──ああ。約束、だ」

ユリウスの様相を見て、無意識のうちにナタリーは笑みを浮《う》かべていた。そして胸の奥が、じんわりと温かくなるような熱すらも感じている。そんなナタリーの気持ちを知らずしてなのか、ユリウスは何とはなしにぽつりと言葉を紡ぐ。

「君の笑顔は周りを照らす光、だな。輝《かがや》いていて──綺麗だ」

「え!?」

あまりにも淡々《たんたん》と言われたために、一瞬《いっしゅん》ユリウスの言葉に対して理解が追い付かない。しかしすぐに、言葉の意味が脳内で解読されナタリーの心は恥《は》ずかしさで締《し》め付けられ、つい視線を違う方向へ向けてからおもむろに言葉を発した。

「わ、私よりも、ほ、ほら──この景色の方がずっと美しいです！」

「……？　確かにこの景色は美しいが──」

ユリウスが至極《しごく》当然のように、ナタリーの言葉に声を上げる様子に──ついナタリーは、彼と視線を合わせてしまった。そう、宝石とも呼べるほど美しい輝きを放つルビーの瞳《ひとみ》と目が合った瞬間《しゅんかん》、その瞳に吸い込まれるように周りの音は聞こえなくなり、自分の心臓が想像以上に大きな音を立てて拍動している事実に気が付く。そんなナタリーの様子に気づかず、ユリウスはゆっくりと口を開く。

「意思をはっきりと伝える瞳、声、仕草。そしてそれらを形作る心……そんな君の方が美しいと──」

だが、ユリウスが言葉を言い切るよりも先に。

「おじょ──さまぁ──!」

「……っ!」

下の階からミーナの大声が、響《ひび》き渡《わた》った。おそらく窓が開いていたのか、はたまた開けたのか、「どこですかぁ──! ミーナにお世話をさせてください──!」とナタリーに伝えるべく声を張り上げていた。ミーナの声によって、ハッとナタリーもユリウスも目をパチッと瞬《また》かせた。そののち、ナタリーが焦《あせ》った声色で取り繕《つくろ》うように、言葉を発する。

「うちのミーナが、失礼をしてしまい申し訳ございません……!」

「い、いや」

「おじょ──さまぁ、夕食でございますよ──! どこにいらっしゃるのですか──!」

「その、悪気はなくて、あっ、もういつの間にか夕食の時間でしたのね」

「あ、ああ。そのようだな……長く引き留めてしまい、すまない。……そ、そうだ、食堂まで案内しよう」

「え、それは――」

「どうか、案内させてもらえない……だろうか？」

「……！　ぜ、ぜひよろしくお願いいたしますわ」

ユリウスがなぜだか、いつぞやに見たことがある子犬のような顔つきになっていることが分かり――彼の厚意《こうい》を無下にはできず、ナタリーはユリウスに案内されるまま、夕食の会場へと向かうことになったのだ。

そこでナタリーを捜していたミーナと、お父様を看病していたお母様に出会い――お母様から「あら？　少しお顔が赤いわね？」と笑顔《えがお》で問いかけられることになってしまった。何も事情を知らないはずのミーナも、ユリウスと共に現れたナタリーに何か思うところがあるようで、ニコッとほほ笑むばかりだった。

（どうか部屋で休んでいるお父様には、知られませんように――）

きっとユリウスと共に現れたことをお父様が知れば、いつものように――そこまで考えたナタリーは、深く考えることを諦《あきら》めた。そして明日の武闘祭へと、意識を向けることに努める。夕食の間は、ユリウスとナタリーを交互《こうご》に見つめるお母様とミーナの視線を避《さ》けながら、そして夕食が終わった後はすぐさま明日に備えて寝《ね》ることに集中するナタリーであった。

迎《むか》えた武闘《ぶとう》祭、当日。お父様の体調もばっちり回復し、昨日ユリウスが言っていた通りに案内を受けながら王都へと向かった。お父様は起きて早々に、元気な姿で「迷惑《めいわく》をかけてすまなかった」と勢いよく謝罪をしてから、ユリウスに大きな感謝を伝えていた。

ユリウスに対してどこか距離《きょり》をとっていたお父様が、こうも急接近してくることにユリウスは少し困惑《こんわく》した様子だったが――それでも、体調が回復した様子に安心した顔つきになっていた。

今朝の色濃《いろこ》い一幕を思い出していれば、いつの間にか王都へ着いていた。馬車から降りれば様々な露店《ろてん》がひしめき合い、美味《おい》しそうな香《かお》りや色とりどりの装飾《そうしょく》品で溢《あふ》れかえっている。

(これだけ人がいればきっと……宰相《さいしょう》様の魔力《まりょく》の検知も上手くいくはずよね)

「ナ、ナタリーッ! 人がたくさんだから……気を付け……」

「まあ、あなたったら。はしゃいじゃって……」

「お父様……」

せっかく同じ場所へ向かうこともあり、家族と、そしてユリウスと共に会場へ歩みを進めれば、たくさんの人でごった返していた。それほどまでに、国民がこの祭事を楽しみにしている証拠《しょうこ》なのだろう。お父様は、会場のエスコートをしようとして張り切ったものの、人の流れに押されてしまいそうになる始末だった。急いでミーナが、お父様を引っ張り出し、エドワードから伝えられていた会場のスペースへと足を運ぶことになる。

王城に隣接する大競技場には天井《てんじょう》がなく、コロシアムを思わせる空間になっている。そして、外部にも魔法《まほう》で映像が映し出されているようで、今回の武闘祭への力の入れようが感じ取れた。王城の使用人の案内のもと、招待された貴族用の区切られた席があるようでそこに向かうことになった。観劇と同じソファや机などが完備されていて――不自由はなさそうだ。

隣《となり》の席とは、薄《うす》いカーテンで仕切られていることが分かる。そんなふうに、設備に目を向ければ。

「ま、まあっ。月の公爵様《こうしゃく》だわっ」

「……はぁ、いつ見てもステキね」

周囲からは、先に到着《とうちゃく》していた貴族令嬢《れいじょう》の黄色い声が響いた。そこでハッと、ナタリーは気づいた。ユリウスと一緒《いっしょ》に会場入りしたものの、きっと彼とは観覧席が違《ちが》うのだから昨日の気遣《きづか》いへの礼と、別れの挨拶《あいさつ》をしなければ――とナタリーはユリウスの方へと視線を向けた。するとおかしなことに、ユリウスはペティグリュー家の隣のスペースに案内されていたのだ。ナタリーの視線に気が付いたユリウスは「隣の……席のようだな」と少し上ずった声を出した。

「あら～！　まあ！　公爵様、席まで近くなんて……！　嬉《うれ》しいですわ！」

「ぐ、ぬぬぬ」

「ほら、あなた。威嚇《いかく》しないのっ！」

「うっ、公爵様。〝本日も〟よろしくお願いしますな……」

「あ、ああ……」

歯ぎしりをするお父様を、お母様が窘《たしな》める。ユリウスは、そんなお父様の姿に困惑を浮かべながらも会話をしていた。そして、切り出すようにお母様が口を開いた。

「公爵様、本日は出場されますのよね？」

「あ、ああ」

「時間までは、ここで観戦を？」

「そうなるかと……控室《ひかえしつ》もあるにはありますが、昨日先んじて王都に着いたフランツを待機させているので……俺はここに」

（昨日、体調には問題ないと言ってらしたけど……もしかして、武闘祭で怪我《けが》される可能性を考慮《こうりょ》してフランツ様を……？）

フランツを呼んでいるとのことでナタリーは少し疑問に思うものの、武闘祭に参加するということは怪我の可能性が万に一つもないとは言い切れない。だからこそ、念には念を入れて呼んでいたのかもしれない。

「あら！　そうでしたのね。でしたら、公爵様」

「……ん？」

「これも何かの縁《えん》ですもの。お嫌《いや》でなければ、一緒に観戦しませんか？」

「エ!?　き、きみ……」

「お、お母様っ!?」

お母様は、笑顔でユリウスに提案していた。その提案に、ナタリーもお父様も昨日お世話になったとはいえ、急な距離の詰《つ》め方に驚《おどろ》いてしまう。なによりその提案に驚いたのはユリウスも同じのようで時が止まったかと言わんばかりに、固まっていた。

（お母様……いったい何を――）

お母様が見つめる先には、ファングレー家の使用人であろう執事《しつじ》が一人だけ立っていたのだ。昨日ユリウスに案内された屋敷《やしき》で夕食をとった時にも感じたのだが、ファングレー家というよりはユリウス単独の外遊といった雰囲気があった。

そもそもユリウスは武闘祭に関して「元宰相を捕《つか》まえるための行事」として認識《にんしき》しているがゆえに、使用人を大勢連れて楽しんだり、親戚《しんせき》を呼んだりといったことはしない可能性もある。しかも彼の状況《じょうきょう》としては、母親は現在囚《とら》われの身で、マルクは騎士《きし》団にいるため来られない。

(お母様は……寂《さび》しそうだと思ったのかもしれないわね)

祭事や楽しいことは、家族で共有するのが常となっているペティグリュー家。どこの貴族もそんな常識ばかりではないにしろ、家に滞在《たいざい》したことのあるユリウスを見て、せっかくなら一緒に観戦したいと——楽しい時間を共有したいとずっと思っていたのかもしれない。お母様の思いを想像したナタリーは、わなわなと震《ふる》えているお父様を置いて口を開く。

「閣下、よろしければ……私も、お願いしたいのですが、いかがでしょう？」

「……っ！　それは……」

「ナッ、ナタリィー⁉」

「あら、娘《むすめ》もこう言ってますので、ね？」

ナタリーから声がかかるのが、そんなに予想外だったのか。さらにユリウスは、カチコチに身体《からだ》を緊張《きんちょう》させているように感じた。しかしお母様のペースに呑《の》まれてしまった部分もあり「そ、それでは。言葉に甘えよう……」と、お母様の提案を承諾《しょうだく》することになっていた。

ペティグリュー家とファングレー家を仕切っていたカーテンが、開かれ——また使用人の働きもあったのか、座るソファの位置も近くなっていた。

「ハ、ハハ……。公爵様、ぜひお話を……したいと思っていたのですよ……」

「そ、そうなのか……」

「やはり、男同士として……ええ、やはりです」

「ほ、ほぅ？」

お父様が、我先にとユリウスの隣を占領《せんりょう》する。お母様がその様子を見て、「あら……とても、喜んでいるわね」とほほ笑《え》んでいる。

（よ、喜んでいるのかしら？）

あまりの積極性に、ユリウスは引いているのではないだろうか。なにより、お父様はまるでけん制しているような。

（やっぱりこれも男同士にしか分からない友情ってことなのかしら？）

少しの違和感《いわかん》を持ちつつもナタリーはそんなズレた感想を持つのであった。そして着席したのと同時に、ラッパのファンファーレが鳴り響《ひび》く。「あら、始まるみたいね」お母様の声と共に王族のために造られた、会場のひと際《きわ》上にある場所から、エドワードの父――国王が登場し「ここに武闘祭の開催《かいさい》を、宣言する」と堂々と声を出した。その瞬間《しゅんかん》、熱気が高まり、貴族、平民といった区別なく会場中に歓声《かんせい》が響き渡《わた》ったのであった。

（あら？）

そんな歓声に包まれている中、国王の隣に控《ひか》えるエドワードと目が合った気がした。なんだか、ウィンクをされたような——と思っていると。

「きゃあ！　殿下《でんか》と目が合っちゃったわ」

「あなたじゃないわよっ！　私よっ！」

別の席から聞こえた令嬢たちの声に、ナタリーは冷静になる。

（そ、そうよ。私とは限らないもの……勘違《かんちが》いしちゃっていたわ）

自分を叱咤《しった》するように、そして、試合を集中して見るためにナタリーは、開始された武《ぶ》闘《とう》祭に視線を戻す。武闘祭は、魔法や剣《けん》に自信のある強者が集まってくる。参加の仕方は、推薦《すいせん》であったり評判からであったり——はたまた、都市によって独自に開催されている大会の優勝者だったりするのだ。

そして、そんな選《え》りすぐりの精鋭《せいえい》たちが勝敗を決するルール——相手が降参すればそれまでだが、そういった負けが確定しない限りは、相手が気絶するもしくは試合会場の枠線《わくせん》からはみ出てしまうと負けになる。

——ガキンッ。

鋭《するど》い斬撃と魔法がぶつかり合う戦いの様子から、どの試合も目が離《はな》せなくなってしまう。なにより、怪我をしないかハラハラしてしまうというか。

「あの者、筋がいい」

「確かに。わが領に来てくれないものだろうか」

そんなナタリーの心配をよそに、ユリウスとお父様は気づけば揃《そろ》いも揃って試合に熱中していた。なんだかんだお互《たが》いに感想を言い合い、楽しんでいる様子だった。そうして二人が褒《ほ》めていた方に勝ちが決まり、他《ほか》の席からは、応援《おうえん》や励《はげ》ましといった温かい歓声が響き渡っている。その熱も冷めやらぬまま、また一段と歓声が大きくなったかと思うと。

「エドワード殿下――――ッ！」

周りからは、次の出場者の名前が叫《さけ》ばれている。そして、歓声が言う通りに燃えるような赤い髪《かみ》と新緑の瞳《ひとみ》を兼《か》ね備えた端整《たんせい》な顔立ちのエドワードが、剣を腰《こし》に差したまま――優雅《ゆうが》に登場してきたのであった。

（エドワード様が剣を扱《あつか》えるという噂《うわさ》は聞いたことがないけれど……大丈夫《だいじょうぶ》かしら）

歓声を受けたエドワードは、周りにひらひらと手を振《ふ》って応《こた》える。それくらい余裕《よゆう》な雰《ふん》囲気《いき》が生まれていた。一方のエドワードの対戦相手も、そんなオーラに立ち向かうように気合十分といった様子だった。対戦相手は、大ぶりの剣を取り出してエドワードに構える。

二人が場に着いたところで試合開始のラッパが響き――。

「ふっ、座ってばかりの王子様に、俺の剣が受け止められるかっ」

開始音と同時に、先手必勝とばかりに大柄《おおがら》な男が叫ぶと、大剣をエドワードに振り下ろしにかかる。

（だ、大丈夫かしらっ）

エドワードは男が剣を向けているにもかかわらず、未《いま》だに武器を構えていない。やっぱり怪我《けが》をしてしまうのではないか――と思わず目をつむりそうになったその瞬間。

「え？」

「ふん。言い張るだけの実力はあるようだな」

ナタリーが驚きの声を上げる中、ユリウスが淡々《たんたん》と感想を述べた。なぜなら、大きく振りかぶった剣に対して、エドワードは片手をかざして受け止めたのだ。そしてエドワードの手からは、まるで猛吹雪《もうふぶき》といった勢いの冷たい暴風が吹《ふ》き荒《あ》れ――相手をはじき返した。男は会場の壁《かべ》へ激突《げきとつ》し、そのままぐったりと気絶してしまったのだ。

そしてそんな華麗《かれい》で圧倒《あっとう》的な勝利を目の前に響くのは、会場を揺《ゆ》らすほどの大歓声《だいかんせい》。

「わが国の太陽に栄光あれ――！」

ものの数秒で勝敗が決し、笑顔のエドワードが周りの歓声に再び応えていた。その様子に、ナタリーはエドワードが怪我を負うなんてことは杞憂《きゆう》なのだと認識を改めた。

「俺も心して挑《いど》もう……では、失礼する」

「あ！　いってらっしゃいませ」

ユリウスが真剣《しんけん》な声色《こわいろ》で、ソファから立ち上がる。彼もまた試合のため、エドワードがいた場所へと向かっていった。

「ううむ……殿下の魔法《まほう》がこれほどとは……」

「お父様も初めて知ったのですね？」

「あ、ああ。すさまじい魔法だった。うーん、このまま行くと……」

ナタリーがお父様の方を振り向くと「優勝決定戦は――噂どおり殿下と公爵《こうしやく》様になるかもしれない……な」と、そう呟《つぶや》いたのであった。そして会場からは、他の観客たちの声も響いてきて。

「あれが、漆黒《しつこく》の騎士《きし》様か……」

会場内には歓声とは違《ちが》い、どよめきが起きていた。それはちょうど、ユリウスが試合会場に足を踏《ふ》み入れた時だった。戦勝パレードなど以外では、めったに見ることがない漆黒の鎧《よろい》が太陽に照らされている。

会場内でひと際目立つ「黒色」は、まるですべてを飲み込んでしまうほどの闇《やみ》を彷彿《ほうふつ》とさせる。その姿を見た観客は、目を奪《うば》われたように言葉を失っていた。令嬢《れいじよう》たちもその雰囲気に気圧《けお》され、黄色い悲鳴を耐《た》え忍《しの》んでいるようだった。エドワードの時とは一変した空気の中で、ユリウスと対面した――試合相手はというと。

「ひ、ひぃっ」

口から、悲鳴が漏《も》れていた。すっと無言で構えるユリウスの迫力に、さらに縮こまってしまっているようだった。そして試合開始の合図が鳴ってもどちらも動かないまま対峙《たいじ》している状態が続く。そんな状況《じようきよう》に対して何か思うところがあったのか、無表情のまま少しだけ小首をかしげて、ユリウスは口を開いた。

「お前は、何のためにこの大会に出たのだ」

まさかユリウスに話しかけられるとは思ってもみなかったのか。対戦相手は一度ビクッと大きく身体《からだ》を揺らしたのち、話しかけられた事実に思考が追い付いたのか恐る恐る口を開いた。

「そ、それは……剣に自信があって、この大会で優勝して、家族に美味《おい》しいものを、食べさせ、たくて」

「……そうか」

ユリウスと対戦相手の話を聞いて、ナタリーは相手が恐れおののきながらも棄権《きけん》しない姿勢に納得《なっとく》がいった。武闘祭に参加できるだけでも、自慢《じまん》には困らないほどだ。それほど周囲から誉《ほま》れがあると認知《にんち》されている素晴《すば》らしい大会。そんな大会に参加したのに、そうやすやすとしっぽを巻いて逃《に》げるのは、参加者としても心苦しいものがあるのだろう。

(武闘祭は賞金が出るから、腕《うで》自慢ばかりではなく各々《おのおの》に目的があるのよね。でもそうした目的を達成するためにも、勝たなければならない……)

勝負の世界はいつだって厳しいのだ。現実的な世界のありようを感じながらも、ナタリーは固唾《かたず》を呑《の》んで試合を見守る。

「目的があるのならば、なぜ震《ふる》えたままでいる」

「……え？」

「お前は、勝ってやり遂《と》げたいことがあるのだろう」

「……っ！」

エドワードの時とは打って変わって、会場内は静けさに包まれている。そのため、ユリウスの声が会場内に響《ひび》き渡《わた》り、観客はその言葉をじっと聞く。そしてナタリーはユリウスの言葉を聞いた時、ハッと目を見開いた。

（もしや、閣下は……）

「そうだ……俺は、俺は勝つために参加したんだっ！　だから、ここで挫《くじ》けるわけにはいかないっ！」

そして対戦相手は最初とは様変わりして、震えもなくなったかと思えば威勢《いせい》よく剣を構え、「うおおお」と雄《お》たけびを上げながら、ユリウスに斬《き》りかかっていく。

「ふん」

「やあぁぁあ！」

ユリウスは、相手の斬撃《ざんげき》をなんなくうち流す。しかしそうしたユリウスの姿に対して相手はひるむ様子もなく、何度も何度も剣を打ち込んでいく。

「意欲《いよく》も、姿勢も悪くない――だが」

難なく相手の攻撃《こうげき》を受け流したのち、ユリウスは体勢を低くした――と、思ったその一《いっ》瞬《しゅん》。

「うぐぅ!?」

「まだ訓練不足だ」

目が追い付けないほどの鮮《あざ》やかな一閃《いっせん》が、対戦相手の防具——鎧を強くはじいたかと思えば、相手は試合会場の枠《わく》から出た場所で倒《たお》れていた。「ううぅ」と痛そうな声を上げ、鎧もボロボロになっているものの——その場でよろよろとしながら立ち上がる。

「くぅ〜、やっぱり漆黒の騎士ってのは強いんだな……」

「……お前の最後の一撃《いちげき》は悪くなかった」

「っ！　ありがとうございます……っ！」

そう対戦相手が言葉を返した瞬間、どっと大きな歓声《かんせい》が沸《わ》いた。最初に気圧《けお》されて戸惑《とまど》いが大きかった会場から、エドワードが勝った試合と同じように観客がみな割れんばかりの拍手《はくしゅ》をユリウスに送っていたのだ。歓声にユリウスは無言で応え、マイペースに剣《けん》をしまっている——そんなすげない態度ながらも、観客は相変わらず興奮が冷めやらないようだった。

(閣下は相手を鼓舞《こぶ》するために、声をかけたのかしら)

一見するとクールで不愛想なユリウスだが、彼なりに剣技や戦いに関しては真摯《しんし》な態度を持っていることが伝わってきた。そして不器用ながらの気遣《きづか》いを目にして、ナタリーは思わず「ふふっ」と笑《え》みをこぼしていた。ユリウスの第一試合は、彼への「すべてを飲み込む闇のような威《い》圧《あっかん》感があるる漆黒の騎士」というイメージを変えるきっかけになっていたのは確かであった。

（確か、魔法での攻撃だって得意なはずなのに……対戦相手のことを考えて、あえて剣だけで応戦したのかしら……？）

漆黒の騎士ユリウス・ファングレーといえば、その桁外《けたはず》れの魔力《まりょく》を剣に宿して戦うことで知られている。本気を出せば周囲を圧倒する技量があるのは明白だ。しかし魔法を一切《いっさい》使わずに、試合を制したのだから――ナタリーの心配はただのお節介《せっかい》なのかもしれない。

そんなナタリーの思考を遮《さえぎ》るように、お父様から声が上がった。ユリウスの試合を見て

「今年の武闘《ぶとう》祭は、手に汗握《あせにぎ》るいい試合ばかりだな……！」と楽しそうに言っていたのだ。

そして次の試合も気になっているのか、お父様が新聞で情報を見ている時にお母様から声がかかった。

「あら、ナタリー。今なら、お忙《いそが》しくない気がするから……お医者様の所へご挨拶《あいさつ》に行けるかもしれないわよ」

「あ……！」

「ふふ、いってらっしゃい。お父様と、ここで待っているから。私たちの分のご挨拶もお願いね」

「はい。お母様」

集中して試合を待っているお父様を、お母様に任せて――ミーナに連れられるがまま、控室《ひかえしつ》へとナタリーは向かった。


「ほら、ナタリー。次の出場者はな……って、ん？」

「あら、あなた。次は、どんな方なのかしら？」

「あ、ああ……それがな……」

お父様は、ナタリーがいないことを疑問に思いながらも愛する妻に促《うなが》されるまま、その場に待機することになったのだった。


「うんうん。こちらが、控室の場所になりますね！」

「ありがとう、ミーナ。助かったわ」

「いえ！　お役に立てたのなら、嬉《うれ》しいです！」

会場の地図を把握《はあく》したミーナの案内で、スムーズにユリウスの控室へと到着《とうちゃく》した。そして、挨拶のため軽くノックをすると、懐《なつ》かしく安心する声が耳に入ってくる。

「おや？　誰《だれ》かのう？」

「フランツ様。ナタリーですわ」

「ほっほっほ。そうかそうか。お入りなさい」

「はい……失礼しますわ」

「いや、ま、待て……」

「え――？」

フランツの許可を受け、ガチャッと扉《とびら》を開けた先に見えたのは――にっこりとほほ笑む優《やさ》しい顔のフランツ。

そして、フランツの側にいる、上半身が裸《はだか》のユリウスだった。

咄嗟《とっさ》に反応できず、ナタリーの目は、ばっちりと逞《たくま》しく均整がとれた筋肉を見ていた。食い入るようにじっと見つめてから、はしたないことをしてしまったと気づき、思わず手で顔を隠《かく》す。ナタリーの後ろでは状況《じょうきょう》が分からないミーナが、「お嬢様《じょうさま》……？　どうかしました……？」と不思議そうに聞いてきた。

「あ、あ……申し訳ございませんっ」

「い、いや！　おい、フランツっ！」

「ほっほっほ。減るものでもありませんから……そんな乙女《おとめ》のように、公爵様《こうしゃく》」

「くっ……」

「と、扉を閉めますわね！　まっ、待ちますわ！」

ナタリーは器用に片手で自分の目を隠しながら、もう片手ですぐさま扉を閉めたのだった。そして、ミーナに「タイミングが、ちょっと……合わなかったの」と急いで言葉を濁《にご》す。そんなナタリーの言葉に、なんだか納得《なっとく》しきっていない表情を浮《う》かべながらも、ミーナは「そうなのですね？」と頷《うなず》いてくれたのだった。

そして待つこと、数秒。

扉の向こうから、ユリウスの声で「大丈夫《だいじょうぶ》だ、入っていいぞ……」と聞こえてきた。今度こそもう安心だと扉を開ければ、きちんと着込んだユリウスといたずらっ子な笑みを浮かべるフランツが見えた。

「先ほどは……本当に申し訳ございません！」

「いや！　謝らなくて、大丈夫だ……」

「ほっほっほ！　久しぶりじゃのう、ナタリー嬢《じょう》」

「え、ええ。お久しぶりですわ……ってフランツ様っ！」

「あ〜、すまないのう……つい、口がのう。ナタリー嬢にお会いしたくて、公爵様のことが見えんくってのう。許してくれるか……？」

フランツの物言いにナタリーは怒《おこ》るに怒れず「そ、そうでしたのね。これからは、気をつけてくださいね……？」と言うに留まっていた。一方のユリウスは、フランツに対してジト目を送っていたように見えたのだが、特に言葉をかけるつもりはないらしい。気を取り直して、ナタリーは当初の目的通りに口を開いた。

「お久しぶりです、フランツ様。お元気でしたか？」

「うんうん。この通り、元気じゃ！　ナタリー嬢も、身体《からだ》に不調とかはないかのう？」

「ええ、健康に過ごせておりますわ。あ、お母様とお父様も、フランツ様によろしくと……」

「お～！　そうじゃったか。嬉しいのう……いつでも、呼んでいいからの。ナタリー嬢のためとあらば、すぐに駆《か》けつけるからの」

フランツがニコニコとそう話すと、ユリウスが割り込むように「ん、んんっ」と咳《せき》ばらいをする。どこか具合が悪いのだろうかと、窺《うかが》い見ると。

「もし、ご令嬢《れいじょう》が体調を崩《くず》したのなら……国で随一《ずいいち》の医者を俺の方で呼ぼう」

「え、え？　あ、ありがとうございま、す？」

「はぁ……公爵様は……」

突然《とつぜん》、医者を呼ぶと言われて、どうして急にそこまで……と疑問に思うものの、ユリウスなりの雰囲気《ふんいき》を和《やわ》らげる話術なのかもしれない。フランツがそんなユリウスを見て、ため気を吐《つ》いているように見えたが――深く気にしてはいけないと、ナタリーは気持ちを改めた。

「閣下、先ほどはお怪我《けが》がないように見えましたが……どこか、身体が……？」

「いや、いつもの検診《けんしん》を。せっかくだからしてもらったのだ」

「ほっほ……」

「まあ、そうでしたのね」

たまたま見てしまったユリウスが半裸《はんら》だった理由をどこか怪我をしたのかと思って聞けば——特に問題がなさそうだということが分かり、ホッと安心する。

「それなら、フランツ様に挨拶もしましたから……私たちは帰りましょうか」

「はい、お嬢様！」

「閣下、心配無用かもしれませんが……怪我にはお気をつけて」

「ああ……分かった。気遣《きづか》い感謝する」

ユリウスに会釈《えしやく》をしてからフランツに別れの挨拶をし、ナタリーはミーナと共に、お父様が待つ席へと戻《もど》っていくのであった。

ユリウスとフランツだけになった控室は、落ち着いた雰囲気となる。
「のう、言わなくて良かったのか？」

「ああ……彼女には、心労をかけたくないからな。それに宰相《さいしょう》の件が片付けば……会う機会も減るだろう」

「そうか……でも、公爵様……」

「俺はあと……どれくらいだ？」

　ユリウスがフランツに問いかけると、フランツはナタリーがいた時の笑顔《えがお》を消して暗い表情となる。

「もって、数か月。力の使いようによっては……もう――」

「そう、か。それなら十分だ」

「……もし、ナタリー嬢にお願いをすれば……」

「それはできない」

　フランツが、ユリウスに疑問を投げかける視線を送ると、ユリウスは「彼女に、危険があるかもしれないことを……お願いはできない」と話した。

「じゃが……それはあくまで可能性で――」

「フランツ……。俺は、優しい彼女を……苦しめたくないんだ」

「……」

　フランツの瞳《ひとみ》は、ユリウスを映して――揺《ゆ》れ動く。そして苦しそうにため息を吐きながら、おもむろに口を開く。

「のぅ。今だけ、昔に戻ってもよいか？」

「……いいですよ。俺はいつでも、あなたを尊敬しております」

「ほっほっほ……照れてしまうわい。……のう、ユリウス。無理はしてないか？　じぃに、なんでも言っていいんじゃよ」

「ふっ。無理はしておりません……決めたことですから」

ユリウスが目じりを柔《やわ》らかくしてほほ笑みを浮かべれば、その様子にフランツは目を瞠《みは》り「そうか……」と頷く。

「心配しないでください。いつも検診をしてくださり感謝しています」

「いいんじゃ。わしがしたくて、やっとることだからのう」

フランツがそう返事をすれば、ユリウスは嬉《うれ》しそうに頷く。その後、気を引き締めるようにいつもの無表情に戻ってから口を開いた。

「それでは。まだ試合は、続いておりますので……これにて」

「うむ。ナタリー嬢と同じになるが……身体に気を付けなされよ〝公爵様〟」

立ち上がるユリウスに、フランツがそう言葉をかければユリウスは頷きを返し、「またな、フランツ」と言いながら、扉を開けて出て行った。

　そうして、部屋に一人残ったフランツは。

「はぁ……あの頑固者《がんこ》は……いい笑顔にはなったが……困ったもんじゃのう……」

　ため息交じりの独り言を吐く。彼は、ユリウスが出て行った扉をずっと——悲しそうに見つめていたのだった。


　ナタリーが席に戻ると両親が迎《むか》えてくれた。お父様は、「お化粧《けしよう》を直していたのか？　ナタリーは、いつでも可愛《かわい》いぞ……！」と勝手な勘違《かんちが》いをしていた。控室《ひかえしつ》での全《すべ》てを話すと、ややこしくなりそうだったのでお父様には申し訳ないが、フランツに挨拶《あいさつ》をしてきたとだけ話した。話の途中《とちゆう》で時々、お母様から心を見透《みす》かしたようなウィンクが飛んできたが、きっと気のせいだろう。

「おお、ナタリーに話し忘れていたが——次の試合はな」

「はい、お父様」

　ナタリーは席につき、両親と共に試合を見守っていた。試合内容はすべて白熱したものばかりだったのだが、例年よりも比較《ひかく》的スムーズに進んでいた。それもこれも、エドワードとユリウスがあっという間に試合を終わらせてしまうおかげなのだろう。順調に試合はエドワードの準決勝戦へと進んでいった。

ユリウスも控室から戻ってきて、今は近くに座っている。

「ふむ。殿下《でんか》のお相手は……今年の優勝最有力候補者だな」

「まあ！」

「だが……うむ。すぐに片が付くというか。殿下のお相手は来年に期待だな」

お父様がちらりと、ユリウスに視線を向け――その次に、試合会場にいるエドワードを見る。つまり、対戦相手は不運なことに強い二人が参戦したことによって優勝候補者ではなくなったというのは、みなまで言わずとも分かった。なにより、ユリウスは最初の試合以降も魔法《まほう》を使わずして勝利を手にしていたのだ。

ユリウスとエドワードの快進撃《かいしんげき》を思い出したナタリーは気を取り直して、試合会場へと視線を戻す。そこには、余裕《よゆう》の笑みを浮《う》かべるエドワードと屈強《くっきょう》な男性が立っていた。お父様が紹介《しょうかい》した候補者は寝不足《ねぶそく》なのか、顔色は悪いが――優勝候補ともあって、研《と》ぎ澄《す》まされた肉体をしており、実力には申し分なさそうだ。

（――あら？）

「確かに実力者のようだが。あの剣は、貴国で流通しているものか？」

「む？　あれは……曲刀ですかな？　刃《は》の部分がギザギザと尖《とが》っていて――私も実物は初めて見ますな」

エドワードの対戦相手が持つ剣が、目に留まったのだ。ナタリーどころかユリウスとお父様も初めて見るというその武器。祭りということもあって、新調したものなのだろうか。

(でも、この祭りで相手の命を奪《うば》うことは禁止だから――杞憂《きゆう》かもしれないわ)

一抹《いちまつ》の不安を感じたが、警備も増やしている試合で無茶なことは起きないだろうと思ったのだ。お父様が、「おっ、始まるようだ」と声をかけるのと同時に、試合の火蓋《ひぶた》が切られたのだった。


「うむ……これは……」

「……」

お父様とユリウスが、じっと見つめるその先にはエドワードの魔法と対戦相手の斬撃《ざんげき》による打ち合いが続いていた。すぐに片が付くと話していた父の予想を裏切るものだったため か、興奮が止《や》まない父は席から立ち上がって試合を集中して見ている。

(なんだか……胸がざわつくわ)

その試合を見ているナタリーは、ずっと嫌《いや》な不安を感じていた。それは居心地《いごこち》の悪さのようなもの。何か違和感があり、その原因を探《さぐ》るべく、じっと目を凝《こ》らして試合を見守っていれば。

「……え？」

（エドワード様のお相手、閣下のように魔法で武器を強化しているのかと思ったら、武器自体から魔法が……!?）

思わず声が出てしまう程《ほど》、あり得ないものを見たのだ。魔法によって武器を強化することは、ユリウスや他《ほか》の騎士《きし》たちも行っている。しかし対戦相手の曲刀からは魔法が〝射出〟されているのだ。剣から風の魔法が生成され、エドワードの魔法をはじいている。魔導具ですら、魔力をエネルギーにして日常生活のサポートの役割をするくらいしか普通はできないのに。

しかも今回の対戦相手は、不気味な武器以外で魔法を使っている様子がなかった。ということは、おそらく――魔力がない人間のはずなのに。

ハラハラとしながら、エドワードの試合を見守っていれば……あまりの猛攻《もうこう》だったためかエドワードは魔法だけではなく、剣を取り出し応戦しようとしていた――のだが。パキンッと、金属が弾《はじ》ける音が会場に響《ひび》いた。

「え!?」

ナタリーはあまりの事態に、思わず声を漏《も》らしてしまう。そして見つめる先には、エドワードの立派な剣が粉々に砕《くだ》け散っている様子があった。まるでエドワードの命を奪おうとしている暗殺者のような動きに、ナタリーはぞっとした。そしてエドワードもこの事態に驚《おどろ》きを隠《かく》せないようで、目を大きく開いていた。

そんなエドワードとは対照的に、今まで見たことがない芸当でエドワードの剣を砕いた現状に会場の雰囲気《ふんいき》は、ますます興奮で高まっていく。剣が手元から無くなってしまったエドワードは魔法で再び応戦し始めるのだが、明らかに苦戦を強《し》いられていた。

しかしそんな状況《じょうきょう》にお父様をはじめとした試合を見る観客は、熱気に包まれているためなのか気づいていない。焦《あせ》りを感じたナタリーが、どうにかしなければ……と辺りに視線を向ければ、ユリウスと目線が合った。

「気づいたか？」

「閣下も気づいて……？」

「ああ……」

ユリウスはナタリーに、声を潜《ひそ》めて話し掛《か》けてきた。どうやら、この違和感《いわかん》をユリウスも持ったようで、何かを思案するような顔つきをしていた。

「あれは……まずいな」

「ど、どういうことでしょうか……？」

「殿下は相手の魔法が、会場外に飛ばぬように、そらしているようだ」

「え？」

ユリウスにそう言われて、集中して見てみれば、確かに先ほどからエドワードは防戦一方の状態。傍《はた》からは、エドワードが押されているように見えた。しかしそうではなく、魔法の被害が最小限で済むよう制御しているのだとしたら――。

「ゆ、床《ゆか》が……！」

「……」

よくよく見れば、観客の周りには何も被害《ひがい》はないが試合会場の床が魔法によって徐々《じょじょ》にえぐれていることが分かった。なにより対戦相手がずっと攻撃《こうげき》を緩《ゆる》めず、人並外れた体力を発揮しているのも――おかしい。

（まるで、何かに囚《とら》われてしまったかのよう……）

自我が無く暴れているようなその様相に、無意識に恐怖《きょうふ》を感じる。そしてユリウスに目を向ければ、彼はナタリーの視線を受けてこくりと頷《うなず》き、「あの武器がどんな原理かは分からないが、魔力がない者でも……一時的に魔法が使える代物《しろもの》なのだろう」と言った。

「ただ魔力に耐性《たいせい》のない者が無理に魔法を使おうとすると、魔力の扱《あつか》いに慣れていないゆえに――だんだんと意識すら保てなくなるだろうな」

「そ、そんな……！」

「しかも、あの者の場合は……自分の命を代償《だいしょう》に剣の魔法を大きくさせている。このままだと……」

「ど、どうなりますの……？」

息を呑《の》んで、ナタリーがユリウスを見れば彼は重そうに口を開く。

「この会場が吹《ふ》き飛ぶほどの魔法が――暴発するかもしれない」

「っ！」

今は対戦相手の大きな魔法を、エドワードが打ち消したりそらしたりしているのかもしれないが――このまま長引けば、相手の命はもちろん、エドワード、ひいてはこの会場全体に被害が及《およ》んでしまう可能性があるのだ。

「俺が間に入ってもいいが、殿下《でんか》の打ち消しのタイミングが合わなければ……」

「会場に被害が出るのでしょうか……？」

「そう……なる、な」

ユリウスは、暗い表情で答えを返した。つまり、助けに行くに行けない状況というわけなのだ。二人の間に沈黙《ちんもく》が生まれる。

（でもこのまま、どうなるか分からない試合を放置するのは、よくないわ……！）

ナタリーが試合会場に再び目を向ければ、相変わらずエドワードの対戦相手が何かにとりつかれたように攻撃を仕掛《しか》け続けている。そして、床の損傷が先ほどよりも大きくなっているのが分かった。

（そういえば……）

どうしようと悩《なや》むナタリーの頭の中に浮かんだのは、地下遺跡《いせき》にあった石柱と――「先祖返り」というお父様の言葉だった。確かに、元義母と相対した時にナタリーはあの石柱のように魔法を無効化することができた。一度使ったことがあるので、その応用としてこの会場に同様の魔法をかければいい。大規模な魔法にはなるが、ペティグリュー領の景観を維持《いじ》する魔法に比べたら、無理な規模ではない。しかしナタリーの頭には「王家にバレてはいけない」という不安がよぎる。

(でも、今は緊急《きんきゅう》事態だから……そうしないと――)

ぐるぐると不安や心配が頭に渦《うず》巻《ま》き、決心がつかなくなってしまう。このままではいけない、分かるのに……それをしてしまっていいのだろうか。

「……ご令嬢《れいじょう》」

「か、閣下?」

「もしかして何か案が思い浮《う》かんだのか?」

「そ、それは……」

気遣《きづか》うように、声を潜めながらユリウスはナタリーに問いかけてくる。

「言いにくいようなら、言わなくともいい。話せる部分があるのなら、それでも」

「……っ」

「いざとなったら、俺があそこへ介入《かいにゅう》する。必ず、この会場を……君を守ろう」

ぶっきらぼうにそう言いながらも、ユリウスはナタリーを安心させようとしてくれているようだった。そんなユリウスに、全《すべ》てを秘密にしたまま彼だけに大変危険な行為《こうい》を任せてしまっていいのだろうか。

ナタリーは頭の中で考えた末——首をぶんぶんと横にふった。

「閣下……！」

「なんだ？」

「その、信じられないかもしれませんが、この会場内の魔法を無効化することができるかもしれません。あの地下遺跡の石柱と同じように」

「っ！　それ、は」

ユリウスが大きく目を見開き、ナタリーに驚きの表情を向けた。しかしそれも一瞬《いっしゅん》で、すぐにいつもの眼差《まなざ》しに戻《もど》る。

「もしそれができるのなら、被害は出ないが——ご令嬢の身体《からだ》に支障は……？」

「私は特に問題ありません……が、その、周りの目が——」

相当な魔力を使うことになりそうだが——永続した効果ではなく、一時的な無効化なら無理はないはずだ。しかし、魔力をたくさん使おうとすると光が出てしまうかもしれないと不安がよぎる。

（もし光が出たら……）

自分だけでなく家族にまで迷惑《めいわく》をかけてしまうのではないか。それは、王家からくる圧力といった――。

（いえ、でも……このままでは、閣下が助けに行っても万全《ばんぜん》とは言いがたいのだから）

そう思うのに、すくむ気持ちがどんどん膨《ふく》れていって――気づけば、ナタリーはうつむいて足元を見ていた。そんな時、ふわっと何かの布がかけられすっぽりと身体を覆《おお》った。

思わず見上げれば、ユリウスが真面目《まじめ》な顔をしているのが見えた。

「気分を害してしまったのなら――すまない。ただ、俺の外套《がいとう》があれば……ご令嬢を隠《かく》せるだろうと思って……」

「……え？」

「それと衆目が気になるのなら、ご令嬢の力を信じて俺があの場へ派手に飛び込もう。そうすれば、気づく者など現れるまい」

「それは――」

「ご令嬢がしたいのにできない意図を感じて、言ったのだが――ど、どうだろうか？」

しゅんとした犬の耳が、彼の頭に見えた気がして――ナタリーは思わず。

「……ふふっ」

あたふたとするユリウスは、いつもより少しだけ幼く見えたのだ。そのギャップに笑ってしまった。そして、ナタリーの心にも変化が訪《おとず》れた。

「なんだか、踏ん切りがついた気がしますわ」

「そ、そうか？　よかった、のか……？」

「ええ」

そうしてナタリーは、席の前にある手すりに身体を向ける。近くにいる両親をはじめとした観客は、みな試合に夢中な状況《じょうきょう》だ。

「合図を出します。その瞬間、この会場に魔法の被害が及ばなくなりますわ」

「分かった」

ナタリーからそう告げられたユリウスは、こくりと頷き――周りから見て不自然にならない範囲《はんい》で、構えた。ナタリーは集中するため、スーッと息を吸う。ユリウスの外套に身を包みながら、手すり――建物に手をかざし、元義母に立ち向かった時の記憶《きおく》を思い出す。あの時と同じように、魔力《まりょく》をこの会場全体に行きわたらせるように。

身体が熱を帯びる感覚があった。そして同時に、自分の中で膨れ上がった魔力と――あの光が助けてくれるようなイメージが頭をよぎり、自身の手が少し発光したところで。

「閣下っ、今です……！」

「承知した」

ユリウスが身を乗り出し――大きく上空へ跳躍《ちょうやく》する。お父様が、驚《おどろ》いたように「えっ、こ、公爵《こうしゃく》様っ⁉」と大きな声を上げたその瞬間。

ユリウスは、風を斬《き》るように剣《けん》を上空で振《ふ》りかざす。それによって、天高く大きな風の音が響《ひび》き――驚いた観客が一斉《いっせい》にユリウスを見た。

「はっ」

注目を一身に浴びながら声を上げた彼は、風を従えるように一瞬で会場の中心へと降り立つ。同時にナタリーの手からも、溢《あふ》れんばかりの光が生まれ外套からかすかに漏《も》れるが気にする者は誰もいなかった。二人の間に立つユリウスは、ちらりとエドワードと視線を交《か》わし、エドワードの対戦相手が持つ曲刀をすぐさま弾《はじ》いてしまう。

周りが驚く暇《ひま》もなく、すかさずエドワードが放った魔法が曲刀の魔法とぶつかり合って大きな衝撃を生んだ。

「お、おい！　変な剣から風が……！」

「えっ魔法がっ⁉」

「キャアアア！」

周囲の悲鳴と共に、怪物《かいぶつ》の唸《うな》り声に似た大きな地響《じひび》きが鳴る。そして曲刀ごと巻き上げるように、天高く渦巻く竜巻《たつまき》が会場の壁に衝突《しょうとつ》した……が。

（良かった……！）

ナタリーの魔法が会場をきちんと包み込んだため、建物が壊《こわ》れることはなかったのだ。竜巻にのまれそうになった観客は、自身が無事なことに頭が追い付いていないのか……ポカーンとしている。

一方ユリウスとエドワードは、互《たが》いに視線を向けていた。

「ご無事そうで……殿下《でんか》」

「ふっ、遅《おそ》いじゃないか。公爵」

不敵な笑《え》みを浮かべ合って、話しているのが分かった。心なしか、エドワードは息を切らしているようにも思える。

「そ、そん……な」

エドワードの対戦相手は膝《ひざ》から崩《くず》れ落ち、呻《うめ》いているようだった。魔法の被害《ひがい》がこれ以上出ないことが分かり――ナタリーは人知れず、会場にかけていた魔法を解く。

突然の竜巻とユリウスが試合に介入したことで、観客に混乱が起きていた。会場中から疑問の視線が降り注ぐ中、いち早くエドワードが立ち上がり「対戦相手による不正があった」と宣言した。

「この剣から膨大《ぼうだい》な魔法が発生していて、あわや大惨事《だいさんじ》となるところを漆黒《しっこく》の騎士殿《きしどの》が助けてくれたのだ。――公爵よ、感謝します」

「いえ……」

ユリウスは、自分のおかげといった誇《ほこ》らしげな顔はせず、むしろナタリーを気遣《きづか》うようにチラリと視線を送ってきた。そしてナタリーは、気にしないようにと手を軽く振ってみせる。

（エドワード様も、閣下も無事で本当に良かったわ）

ホッと安心感を覚えていれば。

「く、くそっ。この剣はバレないって、言われていたのに……」

「ふーん？　それは気になるね。後でじっくり、聞かせてもらおう……衛兵よっ！　この者を捕《と》らえよっ！」

「ひ、ひぃ」

エドワードの対戦相手は、悔《くや》しそうに声を漏らし……そのまま、王城の騎士たちによって連行されていった。そして、観客が一連の騒動《そうどう》を見守る中で。

「え……？」

ナタリーは思わず声を上げる。一瞬ユリウスがよろけたように見えたのだ。だが、瞬《まばた》きをした後にもう一度彼を見れば、しっかりと地に足をつけて立っている様子が分かる。ずっと緊張《きんちょう》続きだったため、見間違《みまちが》えてしまったのだろうか。

「もしかして、疲《つか》れたのかい？」

「いいや、全く」

「ふっ、その言葉が出るのなら余裕《よゆう》そうですね。しかし――」

エドワードがユリウスの前に手をかざすと、小さな風が起きる。ピクッと反応を示すユリウスに、エドワードがニヤリと笑う。

「あんな派手に登場してくれたおかげで、服にチリがたくさん付いていたようだね。払《はら》っておきましたよ」

「ふん。殿下の〝気遣い〟に感謝する」

「ふっ、構わないさ」

楽しげ（？）に話し合う二人の姿を見て、ナタリーはようやく自身の緊張の糸が切れた気がした。

（あんな動きをしたら、疲労《ひろう》が生まれて当然だわ）

そうして騒《ざわ》めきが少し落ち着いた頃、試合を観戦していたエドワードの父・現国王が声を上げた。

「魔法《まほう》の衝撃によって、試合会場の整備が必要なようだ……ゆえに此度の武闘祭の続行は不可能である」

厳《おごそ》かな国王の声が響き渡《わた》れば、会場はシーンと静まり返る。

誰《だれ》も彼もが、現状をみて武闘祭の続行は不可能だと納得《なっとく》しているのだが――このような形で祭事が終わってしまうことに、会場内は暗く沈《しず》んだ雰囲気《ふんいき》に包まれる。そんな中、エドワードは空気を変えるように国王へと楽しげに声をかけた。

「しかし、優勝者なくして大会を終えるのも味気ない。確かに優勝者は生まれませんでしたが――このような問題にいち早く対応してくれた……漆黒の騎士・ファングレー公爵に此度の〝功労者〟として武闘祭での栄誉《えいよ》を授けるというのは、いかがでしょう？」

「お、おい」

ユリウスが焦《あせ》りを浮《う》かべてエドワードに声をかけるも、その声を制すように、会場から小さくパチパチと拍手《はくしゅ》が生まれはじめ――そのまま、拍手は大きな音へと変化する。観客が皆《みな》、エドワードの声に賛同するように拍手をしていたのだった。そして、拍手の音に紛《まぎ》れて――。

「殿下と公爵様っ！　ありがとうございますっ！」

「お二人に栄光が輝《かがや》かんことを……！」

そう二人を称《たた》える声が観客から次々と上がり、ナタリーもまた二人に拍手を贈った。

「ほら、公爵。民からの賛辞は素直《すなお》に受け止めねば、ね？」

「く……。殿下を称える声も聞こえるようだが？」

「おや……、嬉《うれ》しいね。ふふ」

拍手の嵐の中、そんな二人の会話が聞こえた気がした。

国王の咳ばらいで、拍手の音が小さくなる。

「そうだな。不測の事態に対応してくれた……わが息子《むすこ》と公爵《こうしゃく》に栄誉を与《あた》えようと思う。のちほど、要望を聞こう。……次こそは二人の戦いが見られることを楽しみにしている」

「ええ、本当に。僕としても不完全燃焼ですね」

「あ、ああ……」

「そうか、それなら。来年も二人は参加してくれるのだろう？」

そう国王がお茶目に言って、エドワードとユリウスにウィンクを送る。二人は顔を見合わせて不敵に笑い合った。

「ふふっ、だそうですが。公爵殿《どの》は、どうお考えで？」

「ふっ。殿下が逃《に》げ出さぬことを祈《いの》ろう」

二人の間に火花が散った様子が分かり、会場内でも「来年も二人の姿が見られる」ことに大きな歓声《かんせい》がわき上がった。そうして、今年の武闘祭はエドワードとユリウスが褒美を得て幕を閉じることになった。


「来年もまた……見たいのぅ……」

試合会場から少し離《はな》れた場所で、フランツがそう呟《つぶや》く。そして、ユリウスの顔に翳《かげ》りがあることに——誰も気づかぬまま。

武闘祭が終わったのち、ナタリーはお父様にバレる前にユリウスの外套《がいとう》を脱《ぬ》ぎ――ミーナに渡して、綺麗《きれい》にするように命じた。

（あら、もしかして閣下の服は二着目に……？）

保管している服が着実に増えているような……そんなことを気にしつつ、両親に連れられるがまま国王に挨拶《あいさつ》に行く。すると、慌ただしい様子のエドワードとユリウスに出くわした。

エドワードは元宰相《さいしょう》の捜索、そして武闘祭のアクシデントの処理があり、一方のユリウスは、ド派手に身体《からだ》を動かしたために……フランツに呼び出しを受けているらしい。そのため、いつかの「ディナーを一緒《いっしょ》に食べる」約束は叶《かな》えられそうにないということで、二人とも申し訳なさそうにしていた。

「お気になさらずに。お二人とも、武闘祭では素敵《すてき》でしたわ」

「ふふっ、ありがとう」

「……楽しめたのなら、良かった」

「でも、ディナーに行けなくなってしまうなんて。はぁ」

「……」

エドワードとユリウスは各々《おのおの》呼び出されている所へ向かっていく。二人の背を見送る際に、ナタリーはふとエドワードの対戦相手だった剣士《けんし》のことを思い出した。確かに武闘祭は幕を閉じた……が、今までにああいった武器の問題が起きたことはなかったのだ。なぜだか、地下遺跡《いせき》の事件の際に元義母が扱《あつか》っていた短剣を思い出す。はじめにあの短剣を見た時には、ユリウスが重体になっていたこともあり、そこまで注意を向けられていなかったが、ユリウスの魔力《まりょく》暴走を誘発《ゆうはつ》したあの短剣には、魔法がかけられていたのではないだろうか。

件《くだん》の剣士が扱っていたのは曲刀だが、魔法を発動する異様な武器。武闘祭での事故を装って、エドワードの命を狙《ねら》っていたのだとしたら。

（武闘祭での作戦が宰相様に勘付《かんづ》かれている――？）

ナタリーの額から嫌《いや》な汗《あせ》が流れる。立ち止まってじっと考え込んでしまったナタリーの意識をそらしたのは、いつものお父様の声だった。

「ナ、ナタリ――ッ！　これからもディナーなんて行かないでぇ！　と、父さんの胸が張り裂《さ》けてしまうよぉお」

「お、お父様……」

「もう、あなた……」

ナタリーはぎゅっと、自分の衣服を握《にぎ》る。そうだ、まだあくまで想像にすぎないことを、くよくよと考え続けるのは良くない。ユリウスの協力によって武闘祭は事故も起きず、優《ゆう》秀《しゅう》なエドワードが計画を進めているのだ。だからナタリーはその成功を信じている。

嫌な予感に少し不安がよぎるも、お父様の呼びかけの方へ意識を向ける。そこには、駄々《だだ》をこねるようにナタリーへ懇願《こんがん》するお父様と呆《あき》れたようにため息をつくお母様がいた。

そして、帰りの馬車の中。

「ナタリー、殿下と公爵様がお忙《いそが》しそうで、残念だったわねぇ」

「なっ!? 何も残念じゃないだろう。お二人がお忙しいのは仕方ないさ！」

「もう……あなたったら」

「は、はは……」

ナタリーは両親の話を聞きながら気もそぞろに愛想笑いを浮かべたのだった。

第三章　隠されし事実

　ペティグリューの屋敷《やしき》に着いたのは、だいぶ夜が更《ふ》けた頃《ころ》だった。両親と話をしていたので、あっという間に到着《とうちゃく》したように感じたが、王都からペティグリュー領までは結構な距離《きょり》があるため、長時間かかるのも無理はない。お父様が素早《すばや》く馬車から降り立ち、お母様、そしてナタリーを馬車の外へエスコートした。

　馬車が到着するなり、屋敷内にいた使用人たちが総出で出迎《でむか》えてくれた。そんな中、お父様の方へ執事《しつじ》が近づいてきたかと思えば「王家からの手紙が来ております」と伝える。それを聞いたお父様は、目をぱちくりとさせて驚《おどろ》いた声を上げた。

「な、なに……!?　王城へ招待された際にあんなにも断っていたのに、ま、まさか手紙でナタリーとの婚約《こんやく》を強制的に……!?　は、早く、断りの返事を書かねば……！」

　早口でお父様はそうまくしたてると、急いで屋敷の方へ駆け出していく。その様子を見たお母様は呆れたようにため息をつく。

「もう、あなたったら……今日は、ゆっくり休まないとまた倒《たお》れてしまいますよ。ナタリー、私はお父様の方へ行くけれども、今日は早めに休んでね」

「はい、お母様」

お母様から声をかけられたナタリーは、武闘祭《ぶとう》が終わってもまだ元気な様子のお父様に自然と笑《え》みがこぼれた。使用人たちも、「いつもの旦那様《だんな》だ」と慣れた様子である。そうしてお父様の心配をしたお母様は、後を追うように屋敷の方へ早足で向かった。

「お嬢様《じょうさま》、お部屋までご案内致《いた》しますね」

「ええ、ありがとう」

執事が、ナタリーにそう声をかけてくる。ミーナは、本日ナタリーが羽織っていた「一着目の漆黒《しっこく》の外套」をまるで隠密《おんみつ》任務のごとく、先んじてこっそり屋敷の中へ持って行っているようだった。

(まったく、ミーナったら……)

相変わらず何か勘違いしている様子のミーナを思い、ナタリーはほほ笑みを浮《う》かべた。そしていつものように屋敷の中へ入ろうとした時、背後から強風が吹《ふ》き荒《あ》れる。

「え?」

思わずその衝撃《しょうげき》に振《ふ》り返ると、強風の次に眩《まばゆ》いほどの光が辺りを包んだ。この魔法《まほう》に身に覚えがあるナタリーは、一瞬《いっしゅん》まぶたを閉じてから即座《そくざ》に目を開く。するとそこには少し焦《あせ》った様子で立っている——。

「エドワード様っ!」

赤い髪《かみ》に新緑の瞳《ひとみ》を持つエドワードが、ナタリーが乗っていた馬車付近に突然《とつぜん》現れたのだ。エドワードを見つけたナタリーは、すぐさま彼のもとへ駆け寄っていく。するとエドワードもナタリーに気づいたようで、「大丈夫《だいじょうぶ》かい!?」と声をかけながら近づいてきた。

「何か、怪我《けが》は――」

「エ、エドワード様……？　私は無事ですが……」

「っ！　すまない。取り乱してしまったようだ」

ナタリーがエドワードにキョトンとした表情を向けると、やっと落ち着きを取り戻したようで「無作法な訪問をしてしまい、申し訳ない」と言葉を紡《つむ》いだ。いつも冷静で余裕《よゆう》がある彼が、ここまで急いできた様子にナタリーはただならぬ雰囲気《ふんいき》を感じながらも、エドワードの言葉に「お気になさらないでくださいませ」と返事をした。

いったいどうしてエドワードがここに、という疑問を持ちながらも彼の様子を窺《うかが》っていれば、エドワードがナタリーの視線に気づき、語り始める。

「ナタリー！　その……公爵《こうしゃく》にも報《しら》せを送ったんだが……」

「……？」

「急を要するから、礼儀《れいぎ》などは気にしないでもらえると助かる」

「は、はい」

「今日の試合で不正を働いた者が、宰相から武器をもらい受けていたことが分かったんだ。

しかもあのアクシデントのせいで、検知器具の解析《かいせき》も遅《おく》れをとってしまっていた」

「え……」

エドワードの言葉を聞き、ナタリーは目を見開く。そして、驚きのあまり声を失ったまま、彼の言葉の続きを聞いた。

「それでも宰相の居所と……足取りは分かったんだ。奴《やつ》は今――ペティグリュー領に来ている」

「……っ!?」

「だから、ナタリー、それと君の家の者の避難《ひなん》を――」

「その必要はありませんよぉ？」

「え？」

エドワードの声に被《かぶ》さるように聞こえてきた声に思わず、ナタリーが顔を向ける。すると、そこにはペティグリュー家の執事が立っていた。しかも気づけば、ナタリーとエドワードのすぐ側にいる。

「……！　貴様っ」

エドワードが、危険を察知し動こうとするが、それより一瞬早く執事がナタリーとエドワードの腕《うで》を摑《つか》んだ。

「いやぁ。追われるのって……こんなに不愉快《ふゆかい》なんですねぇ？」

どろりと執事の顔が歪《ゆが》み、崩《くず》れていく。

そして崩れた顔の先には、不気味に笑う元宰相《さいしょう》の顔があった。

「く……っ」

元宰相が何かしたのかエドワードが呻《うめ》き声を漏《も》らす。その時、屋敷の方からドタドタと駆《か》け足の音が近づいてきたかと思えば——ガチャッと勢いよく扉《とびら》が開かれる。そこには、ミーナとその後ろに続くお父様の姿があった。

「執事よ。王家からの手紙など、どこにも——っ⁉」

お父様がそう言葉を告げようとして、目の前で繰《く》り広げられている状況《じょうきょう》に驚きを露《あらわ》にする。

「ナ、ナタリーッ！」

お父様が慌てて駆け寄り、必死にナタリーのもとへ手をのばしてくる。しかしその手がナタリーを掴むよりも早く、ナタリーの視界は既視感《きしかん》がある歪みに襲《おそ》われてしまった。魔法の風が元宰相とナタリーとエドワードの周りを吹き荒れるのと同時に、首筋に走った強い衝撃にナタリーは気絶してしまう。

そのまま元宰相は、目にもとまらぬ速さで魔法を展開する。そして横殴《よこなぐ》りの風が止んだ頃には、彼らの姿は消えていた。突然のでき事に、屋敷の者たちは呆然《ぼうぜん》とするばかり。

「お、お嬢《じょう》さまぁ——っ！」

事の次第《しだい》にいち早く気づいたミーナの悲鳴が屋敷に響き渡《わた》ったのであった。


耳元で誰《だれ》かが必死に呼びかけている。その声に、暗闇《くらやみ》へと沈《しず》んでいたナタリーの意識は浮上《ふじょう》していく。そして本能のまま息を吸い込むように、口を開くと。

「……うっ」

「ナ、ナタリー！　大丈夫かい？」

目をぱちりと開いたナタリーは、自分が倒れこむように寝《ね》ていたことに気が付く。そしてどうやら、側に座り——ナタリーを起こそうと声をかけていたのはエドワードであったようで、ナタリーが意識を取り戻《もど》した様子に胸をなでおろしていた。

だんだんと頭がクリアになってきたナタリーは、「エドワード様……！　だ、大丈夫ですわ」と返事をした。そしてナタリーがよろよろと身体《からだ》を起こせば、視界に色が戻り、ここが暗い石造りの部屋だということが分かる。

「ここは……？」と口から思わず漏れた質問に答えたのは、エドワードではなかった。

「おやおや、やっとお目覚めで——ようこそ私の秘密基地へ」

「あ、あなたは……っ！」

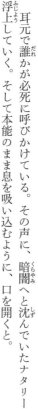

声の方向へ反射的に視線を向ければ、そこには紛《まぎ》れもない元宰相の姿があった。どんな魔法《まほう》を使ったのかわからないが――何もないと思っていた空間から元宰相が現れ、ナタリーはぞっと恐怖《きょうふ》を覚える。エドワードとナタリーが目覚めるのを待っていたのだろうか。さらに恐怖へ拍車《はくしゃ》をかけるように、元宰相は余裕綽々《よゆうしゃくしゃく》といった様子で薄気味悪《うすきみわる》くほほ笑んでいたのだ。そんな元宰相に、ナタリーと同じく気が付いたエドワードがぎりっと奥歯を嚙《か》みしめ、すぐさま手を向けて魔法を発動させた……と思った瞬間。

「ぐ……ぁ……」

「エドワード様!?」

側にいたエドワードが、うち崩れるように前かがみで倒《たお》れ伏《ふ》してしまったのだ。そんなエドワードをあざ笑う元宰相――その手には上部に石が嵌《は》められた杖《つえ》が握《にぎ》られていた。エドワードの放った魔法が元宰相へと届いていない様子からして、ペティグリュー領にあるあの石柱と同じ効果が発生したと思ったのだが。

(でもおかしいわ……石柱はただ魔法を無効化するだけのはず)

「おや、ご令嬢《れいじょう》はこの杖が気になるのですかな？　いやはや、鋭《するど》いですねぇ。こちらは私の改良によって生まれた新しい魔導具です。今までの旧型は魔法を無効化するだけでしたが、こちらはなんと、魔法を反射する効果があるのです」

「……っ！」

「そこの凶暴《きょうぼう》な第二王子は、どんな魔法を私に使おうとしたのか――怖《こわ》いですねぇ」

「エドワード様っ！　今、お身体を……っ！」

「う……すま、ない……ね」

元宰相が楽しげに話す中、彼が言う通り魔法が反射したのか――エドワードが腕に焼《や》け爛《ただ》れるような火傷《やけど》を負っている様子に気が付いた。そんなエドワードの身体を、ナタリーはすぐさま支えて癒《いや》しの魔法をかけていく。

(傷が酷《ひど》いわ――癒しの魔法で傷を塞ぐにはもう少し時間が……)

「おやまぁ……本当に悲惨《ひさん》ですねぇ」

エドワードの状態を見て嬉《うれ》しそうに話す元宰相。そんな姿が気に障《さわ》ったのか、エドワードはナタリーに支えられながら力を振《ふ》り絞《しぼ》り、毅然《きぜん》と声を出した。

「お前は、先祖の研究を取り戻し……フリックシュタイン国へ復讐《ふくしゅう》することが目的なんだろう」

「おやぁ……？　そこまで調べがついていたとは、さすが次期国王様といったところでしょうか」

「……減らず口をよくたたけるものだな。だが、すぐにここも特定される」

「ふむぅ？」

(ここがどこかは分からないけど、エドワード様が検知器具によって、居所を摑んでいた

ということは周囲に情報を共有していたはず……だから、間違《まちが》いなく騎士《きし》たちがやってくるわ）

　ナタリーはエドワードの言葉によってあらためて、しっかりと気を引き締《し》めなければと自分を鼓舞《こぶ》した。ずっとこのまま囚《とら》われている状況にはならない。だからこそ、エドワードの怪我《けが》を少しでも癒さねばと、魔法に集中していく。しかし奇妙《きみょう》なのは、自身を追い詰《つ》める情報であったはずなのに、そのことを気にも留めていなそうな元宰相の態度だった。

「確かに、場所は特定できるかもしれませんな——ここは、昔あったはずのわが一族の領地跡《あと》なのです。まあ、今では何もない廃屋《はいおく》が残るだけの寂《さび》しい場所ですが——その地下に、私はこの研究所を作っておりましてね」

　どこか嬉しそうに話し始めた元宰相に、ナタリーは気味の悪さを感じた。そして彼は興奮を抑《おさ》えきれないといった様子で「なんと、地下に入る手前の入り口は旧型の魔導具で扉を塞《ふさ》いでおりましてね——簡単に言うと、居場所が分かったところでここまで救助が来るのは絶望的ってことですねぇ。まさにあなた方は袋《ふくろ》のネズミと言ったところでしょうか？」と高らかに宣言した。

「っ！　そん、な……」

「く……」

「しかし私は優《やさ》しいので、ネズミにもこの素敵《すてき》な特等席から、私の復讐を見届けられるという慈悲《じひ》をあげましょう」

「そんなにお前がお優しいのなら、ナタリー……彼女は関係ないのだから、解放してほしい」

「エドワード様……!?」

エドワードの言葉に、ナタリーの身体がビクッと震《ふる》える。深手を負ったエドワードを置いて、この場から自分だけが逃《に》げおおせるようなことなんて考えるだけでも嫌《いや》だと感じた。もちろん自分自身がお荷物になるようであれば、話は変わるかもしれないが——エドワードの言葉からはナタリーの身を案じる気づかいが感じられたのだ。エドワードの怪我を癒しながら、きっと何か打開策があるはずと考えを巡らせる。そんなナタリーの心情を知ってか知らずか、元宰相《さいしょう》は「美しき思いやりですな」と軽快に言葉を紡《つむ》いだのち。

「しかし残念ながら、それはできないですねぇ」

「……っ！　なんだと……」

「彼女は私の計画の鍵《かぎ》でございますからなぁ」

「!?」

ナタリーもエドワードも元宰相の言葉に耳を疑った。彼がいったい何を企《たくら》んでいるのか見当がつかないのだ。エドワードも元宰相の言葉に考え込んでいる。そんな二人の様子に元宰相はニヤリと意味ありげに笑う。

（まだ私が知りえない何かを、宰相様が知っているのは明白だわ。……けれども、今重要なのはエドワード様が報《しら》せを騎士団に、そして閣下に飛ばしているということ。私たちだけでは、脱出《だっしゅつ》不可能なのであれば――宰相様が行動をする時間を与《あた》えないようにしなければ）

ナタリーは状況《じょうきょう》を振り返って、自分のできることを考える。そこで、元宰相が先ほどから自分が有利になっている事柄《ことがら》についてペラペラと気分よく話していることに気が付く。

時間を稼《かせ》ぎながらも、少しでも情報を手に入れることができるのであれば。

「あなたはとても優秀《ゆうしゅう》で資産もたくさんあったようですのに、どうしてお一人ではなくファングレー家の援助《えんじょ》を受けておられたのですか？」

ナタリーはずっと疑問だったファングレー家と元宰相のつながりについて質問をした。元宰相一族やペティグリュー家のことは十二分に知りえていたが、ファングレー家と元宰相の関係性が不透明《ふとうめい》だったのだ。そうした意図のもとに元宰相へ言葉を投げると、ナタリーの「優秀」という言葉に元宰相は見るからに機嫌《きげん》をよくしたようで「なかなか、ペティグリュー家の令嬢は私への見る目があるようですねぇ」と明るい声色《こわいろ》を出していた。

「本当にあの家は可哀想《かわいそう》でございましてねぇ……国のためにありながら国に捨てられる運命にある哀《あわ》れなファングレー家。私はその哀れな元公爵《こうしゃく》夫人に救いの手を差し伸《の》べただけで――」

（彼はいったい何を言っているの……？）

妙《みょう》に演技がかった元宰相の発言は、確信的な情報を落としておらず、むしろナタリーの疑問は増すばかりであった。元宰相が話す言葉の真意を探《さぐ》ろうとして、さらに耳を傾《かたむ》けようとした。その瞬間《しゅんかん》——ピキリ……と音が鳴った。それはこの室内を揺《ゆ》らすほどの大きな音だった。

「おや、地上から多くの人間の足音が——」

「ぐっ」

「不意打ちだなんて、油断なりませんねぇ」

「エ、エドワード様っ！」

ナタリーの行動よりも先に、癒しの魔法によって少し回復したエドワードが動き出した。隙《すき》をついて元宰相に手を向けて魔法を放とうとしたようだが、元宰相はエドワードが魔法を発動するよりも早く、側にあった杖を地面に突《つ》き刺《さ》した。その杖によって、エドワードの魔法は発動せず……むしろ、エドワードは再び大きな痛みが生じたのか、腕《うで》をおさえ苦しんでいる。

「だ、大丈夫《だいじょうぶ》ですかっ⁉」

「う……っ」

「おやおや、いつもなら冷静沈着《ちんちゃく》な王子様もこの状況に取り乱していらっしゃるようだ。

手に取るように行動が見えておりましたが、私を捕縛《ほばく》するためにまたもや魔法を打とうとしたのですねえ……」

腕をおさえながらずるずると倒《たお》れていくエドワードを支えるも——元宰相の言う通り、傷を再び負ったエドワードは、だいぶ弱っている様子だった。息も荒《あら》く、エドワードに対して再びナタリーが癒しの魔法をかけるも、何かで拘束《こうそく》されるように、うっ血した痕《あと》はなかなか消えない。

(すぐには治らない——時間がかかるもののようだわ……)

きっと元宰相を拘束しようとしたのだから、魔法によって長時間にわたって締め付けようとしたはずで——その影響《えいきょう》が、もろに出ていたのだ。腕の血流を止めんばかりの締め付けを腕から胸にかけて受けているようで、エドワードは息も絶え絶えになっていた。

「ふふ、こうして優雅《ゆうが》に見ているのは楽しいですねえ」

「あなた、悪趣味《あくしゅみ》ですのね」

「お褒めいただき、ありがとうございます」

ナタリーが言い募《つの》っても、全く気にしていないようだ。

おどけた声を出す元宰相を睨《にら》みながらも、ナタリーはどうすればいいのかを考え始める。

(エドワード様は動けないわ……私が攻撃《こうげき》したところで効くとも思えないし——けれども、せっかく地上に救助の援軍《えんぐん》が来ているのに、このままだなんて——)

全《すべ》ての根源は、あの杖に嵌《は》め込まれている石だということは分かっている。分かってはいるのだが……打開策が思いつかず、注意深く観察する――そうすると。

（あれは――ひび、かしら）

元宰相が刺した杖に嵌め込まれている石に、小さくだがひび割れがおきていたのだ。先ほど発動したエドワードの魔法《まほう》が影響を与えているのだろうか。それを見た瞬間、いくつかの出来事が頭をよぎる。武闘《ぶとう》祭で建物に、魔力を注いだこと。そして、ペティグリューの先祖は石柱に魔力をこめていたこと。以前、エドワードが話してくれた、元宰相の持っている石は何度も魔法の攻撃があれば壊《こわ》れるということ。

そこまで考えて、ナタリーはエドワードを横たえてスッと立ち上がる。

「おや？　座り疲れましたかなぁ？」

「……」

茶化してくる元宰相を無視して、杖の方へしっかりと歩みを進める。すると、元宰相は「しつこいですねえ。あなたも挑戦《ちょうせん》したいのですか？」と半ば嘲笑《ちょうしょう》しながら、見つめてきた。元宰相はナタリーが自分の脅威《きょうい》にはならないと高を括《くく》っているようで、壁《かべ》にもたれながらにやにやと笑うばかり。

そんな中でも、自分を落ち着かせるようにナタリーは深く息を吸って、吐《は》き出す。そして、目の前の杖――特に石へ手を近づける。

(魔法は反射するようだけど——魔力なら……っ!)

自分の魔力をこの石へ注ぎ込んでみると、特に弾《はじ》かれているようには感じない。石にも特に変化は見られず——それを見た元宰相《さいしょう》が「諦《あきら》めも肝心《かんじん》ですよ?」と言ってくる。そうした彼の声を耳に入れず、ナタリーはありったけの魔力をこの石に注ぎ始める。

「まったく……聞こえていないようですね。おや、地上のほうからすごい音が聞こえますなぁ、どれほどの魔法を行使されているのか……恐ろしいですねぇ」

(っ! 地上にいる騎士たちのためにも急がないと……!)

元宰相はどうしてもナタリーを挫《くじ》きたいのか、嫌なことばかりを言う。しかし、ここで諦めれば……それは様々な犠牲《ぎせい》を容認することになる。犠牲を出したくない、しかも聞きたいことだって山ほどあるのだ。ここで、終わるわけにはいかない。

「お願い……!」

自分の全力を込めて、武闘祭の時以上に魔力を石へ注ぎ込む。そうして力を込めれば、だんだん頭の中……そして手から白い光が漏《も》れ出した。

「なっ、そ、それは——」

元宰相がぎょっとした声を漏らした瞬間——ピキピキと石が割れ始める音が響《ひび》く。

——パキンッ。

硬《かた》い金属を割った衝撃とともに、ナタリーが触《ふ》れていた石はナタリーの手から離《はな》れるように、砕《くだ》け散ったのだった。

「は、はぁ……」

「そ、そんな……ペティグリューの石が——そもそも、その光は！」

「これでもう、終わり……ですわよ……！」

「あああ……っ！　長年の夢が……、もう……」

元宰相が肩《かた》を震《ふる》わせた。打ちひしがれ、うつむき崩《くず》れ落ちるかと思った刹那《せつな》、すぐさま顔を上げて口を開いた。

「終わると思いましたかぁ？」

「……っ!?」

「話すのが遅《おく》れてしまいましたね。この杖はあくまで反射する力を付与《ふよ》しているだけで、入口は相変わらず旧型の杖が外部からの魔法を阻《はば》んでいるのを——もっと早くお伝えしたほうが良かったですねぇ？」

「そん、そんなこと……」

元宰相の残忍《ざんにん》な笑顔《えがお》がそこにあった。茶化して余裕綽々《よゆうしやくしやく》な元宰相を打ち負かすために——石の効力がなくなれば、どうにかなると思っていたのに。

（もうどうにも、ならない……なんて……）

武闘祭と続けて、魔力の大半を思いきり使った影響で——身体《からだ》がふらつく。頭も酸欠状態のようで、うまく回らない。身体を支えていた力がなくなり、へなへなと地面に座り込んでしまう。

(でも、まだ、まだ何か)

ない力を振《ふ》り絞《しぼ》って、こちらを見てあざ笑う元宰相に手を向けようと――少し動かしたその瞬間。

「さて――もうそろそろ、アレが――っ⁉」

――ドゴオォォオオン。

「……え?」

元宰相が背を向けていた壁が――ド派手に吹き飛《ふ》ぶ。そしてその衝撃《しょうげき》を受けて、元宰相も反対側へ吹き飛ばされてしまう。圧倒《あっとう》的な力が生まれた――その方向に目を向ければ漆《しっ》黒《こく》の衣に、夜を想起させる艶《つや》やかな髪《かみ》……が今は、乱れていて、宝石のルビーを思わせる赤い瞳《ひとみ》が輝《かがや》いている。

「ナタリー!　大丈夫か⁉」

必死に声を上げ、こちらにやってきたその人物は――漆黒の騎士《きし》ユリウス・ファングレーだった。

ナタリーの瞳は、しっかりとユリウスを視界に捉《とら》えた。また、それは彼も同じだったようで――ナタリーの身体に怪我《けが》がない様子を見て、ホッと安心しているようだった。しかしその安心は続かず、ユリウスは剣《けん》を握《にぎ》りしめながらナタリーとエドワードを庇《かば》うように元宰相が吹き飛ばされた方を向く。そこには、元宰相が荒々《あらあら》しい態度で剣を構えて立っていた。服の中に隠《かく》し持っていたのか、はたまた吹き飛ばされた場所で運よく摑《つか》んだのかは分からないが、彼がユリウスに剣を向け襲《おそ》い掛《か》かってくる様子だけははっきりと分かった。

「く……この化け物めっ！　よくもっ、よくもっ！」

「……うるさい口だな」

ユリウスが斬り伏《ふ》せようとして、重い斬撃を元宰相に浴びせようとする。すぐさま決着がつくかと思いきや、元宰相が不敵な笑みを浮《う》かべながら、持っていた剣でユリウスの剣を弾く。その時、風が巻き起こったような気がした。

「っ！」

「まだ、私は諦めておりませんよぉ？」

（まさか武闘祭の時のあの曲刀と同じように、魔法が……!?）

ナタリーの頭の中で、武闘祭で見た光景が思い出される。剣自体から魔法が生成され、相手を圧倒する武器。元宰相自身は魔力を持っているため、武闘祭で見た時以上にその能力を遺憾《いかん》なく発揮しているようだった。ユリウスの斬撃を、元宰相は剣に魔力を吸わせることで難なく弾くことができるのだろう。

「ただの斬撃など、私に通用しませんねぇ。漆黒の騎士は魔法の斬撃で、あらゆる敵を斬り伏せてきたらしいというのに……。噂《うわさ》はウソだったようですね？」

「っ！」

ユリウスは眉《まゆ》をピクリと動かし、ぎりっと歯を食いしばっているようだった。しかし一度、呼吸を整えてから再び元宰相へ向き直る。彼の赤い瞳は、真っすぐに目の前の元宰相を捉えていた。

（……閣下――？）

ナタリーはユリウスのいつもとは違《ちが》う様子に、疑問を持った。いつもであれば、敵にゆさぶりをかけられても動じない彼が、こうまで追い詰《つ》められた様相になっているのは。そのナタリーの考えに答えが出ないまま、ユリウスの周りに凍《い》てついた魔法のオーラが発生し彼の身に纏《まと》わりつく。そして剣へ、よりオーラが纏わりつけば、武闘祭では見たことがなかった彼の姿――漆黒の騎士と言われる圧倒的な姿がナタリーの瞳に映った。

ユリウスは、迷いなどないかの如《ごと》く真っすぐに元宰相に狙《ねら》いを定める。するとそんなユリウスの姿に気圧《けお》されたのか、元宰相は青ざめたようだった。そして目にもとまらぬ速さでユリウスが仕掛《しか》けたかと思えば、パキンッと大きな音が鳴った。そこを見れば、元宰相が持っていた不気味な剣が真っ二つに割れてしまっていたのだ。

そしてユリウスの斬撃によって吹き荒《あ》れる強風に、元宰相は身体ごと飛ばされてしまい「ひぃ」と悲鳴を漏らすのみだった。そんな元宰相の背後からゆらりと人影《ひとかげ》が近づく。

「まったく。やってくれたね」

「ぐぅっ」

「エ、エドワード様っ！」

元宰相の背後から現れたのはエドワードだった。彼は元宰相の身柄《みがら》を素早《すばや》く拘束《こうそく》した。二度も元宰相の杖《つえ》によって負った身体の傷は、まだ癒《い》えきっていないとはいえ——いつもの優雅《ゆうが》かつ腹の底が見えない敏腕《びんわん》の王子様へと戻っていた。

「取り乱してしまって、本当に申し訳ない……ナタリーのおかげで、早く回復したよ。ありがとう」

「お、お役に立てたのなら……」

石の効力が無くなり、自由に魔法《まほう》が使えるようになったエドワードはあっという間に元宰相を拘束した。そしてユリウスと共にやってきたであろう〝影《かげ》〟たちに引き渡《わた》していた。

（これで、もう……大丈夫《だいじょうぶ》）

その様子を見たナタリーは、張り詰めていた力が抜《ぬ》ける。こうして元宰相を捕《つか》まえられたのも、ユリウスが素早く駆《か》けつけてくれたからだ。彼に感謝を伝えねばと、ナタリーはユリウスに視線を向けた。

「かっ……か……!?」

視線の先には、床《ゆか》に膝《ひざ》をつき息を荒《あら》くするユリウスの姿があった。その姿を見た瞬間《しゅんかん》、ナタリーは自身の疲《つか》れを気にせず、ユリウスのもとへと駆け寄る。

(お身体に何か怪我でも——!?)

先ほどの戦闘《せんとう》は圧倒的な勝利を収めたと思っていたのに、ユリウスの身体は奇妙《きみよう》に震えている。ナタリーが近づいて話しかければ、ユリウスは視線を向けて言葉を紡《つむ》いだ。

「君が無事で、よか……った……ぐっ、ぁ」

「閣下……!?」

「公爵《こうしゃく》っ!?　どうしたんだい!?」

(待ってっ……いったい何が——……)

「ついにやったぞ……！　魔力《まりよく》暴走だ……！　この未曾《みぞう》有の事態をわが一族は望んでいたのだ……っ！　ファングレー家の滅亡《めつぼう》と共に全てが消し飛ぶ。フリックシュタインも今度こそおしまいですなぁ？」

エドワードの焦《あせ》った声が響《ひび》く。それと同時に、〝影〟たちに拘束されている元宰相《さいしょう》が高らかに宣言するように、声をあげていた。〝魔力暴走〟——それは地下遺跡《いせき》の時にも聞いた嫌な言葉だった。あの思い出を再生するかのように、この空間に小さな地響きが聞こえてくる。

「おやぁ？　この化け物を呼びよせるための餌《えさ》は、まだ理解が追い付かないようですなぁ？　仕方がない……優《やさ》しい私が愚鈍《ぐどん》なあなたに教えて差し上げましょう。可哀想《かわいそう》で利用しやすい一族、ファングレー家についてね」

「っ⁉」

「ファングレー家」という言葉を聞いた瞬間、ナタリーの身体《からだ》がビクッと震《ふる》える。それは釈然《しゃくぜん》としないままにされた、知りたかった真実を知ってしまうことへの本能的な反射行動だったのかもしれない。しかしそんなナタリーの心情などお構いなしに、物語るように元宰相は話し始めたのであった。

　セントシュバルツでは、王族をはじめ、高位の貴族間では当たり前の事実があった。それは、「ファングレー家は化け物の一族」という事実。彼らは、その身に生まれ持った魔力とは別の魔力――言うなれば歴代ファングレー家当主の魔力を受け継いでいる。そして何代もかさ増しされ膨大な魔力を抱《かか》えている状態ができあがる。この体質こそが、化け物たるゆえんなのだ。

　一人の人間が抱えられる魔力には限度がある。しかし、その限度を超《こ》えるまでは多くの魔力を保有する兵器にもなるのだ。だからこそ、抱えられなくなるまでは――セントシュバルツの切り札であり、交渉材料《こうしょう》になった。そうして幾《いく》百年が経《た》った今。

「ファングレー家の当主であるユリウス・ファングレーは、どれほどの魔力を溜《た》めてしまったのか——呑気《のんき》な令嬢《れいじょう》でも分かるのではありませんか？　いったい何が起きるのか」

「……っ」

元宰相の嘲《あざけ》るような声色《こわいろ》によって語られた信じがたい真実に、ナタリーは絶句していた。そして元宰相の言った「何が起きるのか」という疑問を脳裏《のうり》に浮かべれば——自然と「魔力暴走……」と口から言葉が漏《も》れた。その答えに満足したのか、元宰相は嬉《うれ》しそうな声を出す。

「そう！　魔力暴走を起こしてしまう……本当に可哀想な一族でしょう？　自分以外の魔力がたくさん増えるというのにも、多大な痛みが伴うらしいのに……不憫《ふびん》ですよねえ」

「痛みが……？」

「ええ。どうやら魔力というのは、諸刃《もろは》の剣のようですねぇ……扱《あつか》うことができれば力になり、扱うことができなければ本人の命をむしばむ存在でしょうか？　武闘《ぶとう》祭に参加した魔力なしの人間ですら、魔法を行使するため相当な損傷を負ったのに——いやはや、ファングレーは忍耐強《にんたいづよ》いですねぇ」

元宰相が例に出した「武闘祭に参加した魔力なしの人間」というのは、紛《まぎ》れもなく奇妙な武器を使っていたあの参加者のことだろう。魔力がないため自分の命を使ってまでも、戦い続け――最後には意識が朦朧《もうろう》としていた様子だった。魔力を扱いきれないということは、身体に多大な負荷《ふか》がかかる。その事実は間違《まちが》いないだろう。

（閣下はひどい痛みをずっと……!?）

元宰相から告げられた残酷《ざんこく》な真実によって、ナタリーは以前ユリウスが魔力暴走をしかけていた時を思い出す。あの時のユリウスが、通常ではありえない状態であったのは明白だったのだが、もしかしたら……。もしかしたら、異常な状態の時以外にも彼自身の魔力によって、身体にひどい痛みが襲《おそ》っていたのかもしれないのだ。

地下遺跡での出来事以外にも思い当たる事実がある。それは以前の人生の時に見た――共寝《ともね》の時にうなされていたユリウスの姿。あれは悪夢を見ているのが原因などではなく、彼の身体に巣くう大量の魔力が暴れ回っていたからなのだとしたら――。

（あまりに、そんな……あまりにも……）

ユリウスが襲われていた痛みを想像して、ナタリーは思わず眉間《みけん》に力を入れながら、奥歯を噛《か》みしめた。そうしないと、すぐにでも取り乱してしまいそうだったのだ。しかしナタリーが苦しんでいる様子を一切《いっさい》気に留めない元宰相は、面白《おもしろ》い話であるかのように畳《たた》みかけてくる。

「ただ問題なのが、いつ暴走するのか誰《だれ》にも予測がつかないという点で……私も苦悩《くのう》いたしました。だから、様々な魔導具を開発する必要や――あの傲慢《ごうまん》な夫人の機嫌《きげん》を取って資金を工面する必要があり……本当に、大変でございました……うっうっ」

おどけながら泣きまねを披露《ひろう》する元宰相は、こちらを煽《あお》る気満々という態度だった。しかしここで激昂《げきこう》したところで、まともな判断はできず元宰相の思うつぼになってしまうだろう。そう思ったナタリーは、少しでもユリウスを癒《いや》そうと魔力を振り絞りながらどうすればいいかを必死に考える。そんな中、元宰相はまだ話し足りないのか今度は自慢《じまん》するように声を出した。

「しかし、新たな発明をするためには犠牲《ぎせい》はつきものですからね。ファングレー家の事情を知ったわが一族が、何かに応用できないかと心血を注いで研究を続けていたのですよ……！すごいでしょう！　称《たた》えられてしかるべきですよね……本当に」

「戯言《たわごと》を……」

「おやぁ？」

「エドワード様っ……！」

愉快《ゆかい》そうに話す元宰相へ待ったをかけるように、エドワードが、低い声を出す。しかしエドワードが言葉を発したことに対して、元宰相は全く恐《おそ》れを感じておらず——むしろ何か思いついたように、目を見開き「ああ、なるほど！」と呟《つぶや》いた。

「まだフリックシュタイン国——ひいては王族の過《あやま》ちに気づきたくないんですねぇ？　ペティグリューでの発明を横取りしたのちは、化け物を封《ふう》じるための〝檻《おり》〟を開発したのに卑《いや》しいですねぇ」

「っ！」

「黙《だま》れっ！」

エドワードは元宰相の言葉に振《ふ》り回されるように、声を出していた。それほどまでに、耳を疑う事柄《ことがら》を言われている証拠《しょうこ》なのだろう。なによりナタリーとしては「ペティグリューでの発明」が関《かか》わって〝檻〟というものができた事実に思考が向く。

（いったい何を開発したのかしら……？）

〝檻〟という言葉の物騒《ぶっそう》な響きから、あまりよくないものをイメージするのだが——そう思考を続けるナタリーをよそに元宰相はエドワードに対して、勝ち誇った笑《え》みを向けている。そんな様子に、ナタリーの口から思わず言葉が漏れた。

「どうして……」

「ん？」

「どうして人を傷つける方法を、安易に行うのですか——！」

ナタリーがそう言えば元宰相は、その言葉を鼻で笑い——その後。

「ペティグリューもわが一族とともに研究をした協力者だったのに、よくそんな、あまっちょろいことを言いますね？」

「え？」

「あなた方が、画期的な発明を公表しようとしていたこと……私の先祖も知っていましたよ」

元宰相《さいしょう》はナタリーに対して暗くよどんだ声を出す。

「なのに、同じく発明を先に世に出した——私たちが弾圧《だんあつ》されるのを見て、手のひらを返して地下遺跡に隠《かく》してしまうなんて」

「そ、それは」

「別に、これに関して復讐《ふくしゅう》しようなどとは思いませんが……不平等ですよね？　私たちは没落《ぼつらく》の憂《う》き目にあって、あなた方はのうのうと——」

そして怒《いか》りを込めるように、ナタリーを睨《にら》む。

「八つ当たりをしたっていいと……思いませんか？」

「……え」

「良かったじゃないですか、私たちという実験台を経てあなた方は無茶をせずに済んだ。そして今となれば、あなた方が隠した発明を有効活用してあげている」

(彼は、何を言っているの？)

ナタリーは元宰相の言い分に絶句した。だって、あまりにもそれは理不尽《りふじん》な理由すぎて……。

「ああ、少し話し込んでいたばかりに……〝餌《えさ》〟のことを言い忘れていましたね」

「わが一族を弾圧した世の中に、憎《にく》きフリックシュタインに見せつけようと思っておりまして！」

嬉しそうにはしゃぐ元宰相は、「ユリウス・ファングレーが魔力《まりょく》暴走を引き起こした今、わが一族の悲願が成就《じょうじゅ》する！」と凶悪《きょうあく》な笑みを浮《う》かべながら話した。ナタリーが絶望した表情を浮かべれば、元宰相はそれを見て気が良くなったのかさらに口を開いて軽快に言葉を紡《つむ》いでいく。

「地下遺跡《いせき》の件では、邪魔《じゃま》をしていただき大変お世話になりましたが――あの化け物公《こう》爵《しゃく》が、ペティグリューの令嬢をしきりに守っている様子がいやに目につきましてね……調べれば調べるほど、やけに交流をなさっているようだから……あなたに目をつけました」

「それは、ま、まさか――」

「ええ、ユリウス・ファングレーを呼び出す人質《ひとじち》にうってつけの存在だと思いませんか？　しかも今回は、人質だけでなく不愉快な王子様付きで攫《さら》えたのは僥倖《ぎょうこう》でしたね」

「っ……！」

「……！」

ナタリーは元宰相の話から信じがたい現実を知り、心臓がぎゅっと握《にぎ》りつぶされるほどの痛みをもった。しかし地下遺跡の件と同様の状況《じょうきょう》ならば、元宰相がこぼしてくれた情報のおかげで、もしかしたら、あの時と同じく癒しの魔法《まほう》を使用すればどうにかなるのではと思い至る。

(もっと、もっと閣下に癒しの魔法を——！)

だが無理にでも癒しの魔法を強めようとした瞬間《しゅんかん》、くらりと視界が明滅《めいめつ》する。元宰相と対峙《たいじ》しながら、エドワードを回復させるため魔法を行使しすぎたのだ。ユリウスを助けてあげたいのに、力が入らない。思うように、動くことができない。

「おいっ！　救護班はまだかっ！　急いで伝令を——」

大声で、エドワードの指示が飛ぶ。

「公爵を檻に入れるだなんて……僕は……」

(檻に——……？　ま…って、閣下を、たすけ……まだ、はなしも……)

エドワードが口にした言葉が耳に入り、自分の身体《からだ》に、動くよう指示を送っているのに、それに反してどんどん視界がぼやけていく。したいことがたくさんあるのに——そんなナタリーの意思を自身の身体は聞いてくれず。

(か……っか……)

——ぷつりと。

ナタリーは目を閉じ、意識を飛ばしてしまうのだった。

さらに癒しの魔法をかけようとしたナタリーが意識を手放し、地面へ倒《たお》れそうになっていることにユリウスは気が付く。きっと元宰相に捕《つか》まっていた頃《ころ》も魔法を使用していたのだろう。彼女の様子に気づいた瞬間、身体に走っている魔力暴走の痛みを抑えつけ、無理にでも彼女が倒れないように腕《うで》を伸《の》ばし、間一髪《かんいっぱつ》のところで支えた。

（ぶつからなくて、よかった）

自身の身体は先ほどの元宰相との戦闘《せんとう》によって、もう限界に近いほどボロボロだった。ナタリーを支えられなくなるのも時間の問題だろう。しかし、不幸中の幸いか魔力暴走が完全に始まるまでには、時間の猶予《ゆうよ》が少しあるようだ。何度か己《おのれ》の身体にかけてくれた、彼女の魔法のおかげなのかもしれない。そうした猶予があったとしても、やはり魔力暴走は進行しているようで、元宰相の地下研究所の壁面《へきめん》が身体から漏《も》れ出る魔力によって、ぴきりぴきりと崩《くず》れている様子が分かった。彼女を救出したい一心で、口を開く。

「殿下《でんか》！」

「っ！　だ、大丈夫《だいじょうぶ》か。もうすぐ救護班が到着《とうちゃく》すると連絡《れんらく》が……」

「彼女を……ナタリーを安全な所へ、それと俺を檻に連れて行ってくれないか」

「なっ⁉　なにを……」

　ユリウスに声をかけられて、すぐさま駆《か》け寄ってきたエドワードはいつもの冷静さとは打って変わって、ユリウスの様子、そしてユリウスの腕の中で横たわるナタリーの姿を見て混乱が止《や》まないようだった。元宰相はエドワードの優秀《ゆうしゅう》な騎士《きし》によって、捕縛《ほばく》できたようだがユリウスの魔力暴走は予期していなかった事態ゆえに、打開策を必死に考えている様子なのが分かった。しかし、将来フリックシュタインを背負う責任を持つ――王としての器《うつわ》ゆえになのか、取り乱した様子から一度深く呼吸をしたのち。

「……公爵《こうしゃく》、その言葉は貴公の意思とみて間違《まちが》いないか」

「ああ。間違いは、ない」

「……はぁ。参ってしまうな……しかし分かった」

　エドワードはため息をついてから、元宰相の捕縛に関《かか》わっていない騎士に「〝影《かげ》〟よ」と声をかけ、ユリウスの腕の中にいるナタリーを安全にペティグリュー領の屋敷《やしき》まで送ることを命じた。すると騎士は丁重《ていちょう》な動作でユリウスからナタリーを預かる。

「僕の専属騎士だから、ナタリーのことは安心してほしい」

「感謝する……」

「だから次は、貴公の番だ。意思は分かったが、僕は王家のやり方とやらが気に食わなくてね。まずは貴公の身体を王家の医師に見せる」

「っ！　それ、は……」

「フリックシュタインの王太子である前に、僕はエドワードという一個人だ。命の恩人を無下にするなんて、僕は僕自身を赦《ゆる》せそうにないからね？」

「……ふ。そう、か……感謝する」

「しかし、正直なところ楽観的な見通しは——……」

「ああ、構わない。俺は、自分の意思で檻《おり》に行く心づもりはできている」

エドワードは必死に感情を堪《こら》えている様子だった。この心優《やさ》しき王子が、フリックシュタイン王になればこの国は安泰《あんたい》だ。そしてその国に暮らす彼女もきっと……。

ユリウスはエドワードに手をさし出され、その手に重ねるように自身の手を置く。するとすぐにパチンと、エドワードが指を鳴らすのと同時に——ユリウスの視界に歪《ゆが》みが生じたのであった。

第四章　譲れないものを

――パチ。

ナタリーが再びまぶたを開ければ。

(見慣れた――内装……私の部屋)

よく知っているカーテンや家具が見えた。それと同時に――気を失い、たくさん寝《ね》たためか、すこぶる身体が軽く感じた。ためしに片手をあげてみれば……グーパーグーパーと力を入れることもできる。そんな確認《かくにん》をしていると。

「お、お嬢様《じょうさま》ぁぁああ！」

「ミー、ナ？」

「お目覚めになったのですね！　急いで旦那《だんな》様と奥様を……っ！」

そう声が聞こえたかと思えば、バタバタと大きな足音と共に「旦那様！　奥様――！お嬢様がっ！」と大声が響《ひび》き渡《わた》っていた。ミーナはナタリーが目を覚ましたことを伝えるべく、屋敷内を駆け巡《めぐ》っていったようで――その数秒後、すぐさま両親が駆け寄ってきて涙《なみだ》を流していた。

「ナタリー！　よかったぁ……よかったぁぁぁ」

「本当に、本当に……よかったわっ」

両親の表情を見て、やっと家に戻《もど》ってきた実感がわいた。そして、だんだんとナタリーの意識もはっきりしてきた。

「私――……あれから」

そう、疑問を口に出す。すると、ナタリーの疑問に答えるようにお母様が口を開く。

「フランツ様がいらっしゃって、診《み》てくださったわ！　短期的な魔力《まりょく》不足だったそうよ。でも休めば治るっておっしゃってたから……本当によかったわ！」

「フランツ様が……」

「ええ、あらやだ！　話すのに集中してしまって――しっかりと話すためにも、食事をとらなきゃいけないわね」

「お母様――……」

「ふふ、もうまる二日も寝ていたんだから。身体や魔力は休まっても、お腹《なか》が空いているでしょう？」

目元に涙を浮《う》かべながらも、お母様はナタリーが目を覚ましたことに、喜びで居ても立ってもいられなくなってしまったのか「急いで、胃に優しいものを持ってくるわ……！」と使用人に任せるのではなく自らナタリーの部屋から出て行った。部屋の外で待機していた使用人たちから、「お、奥様！　私どもが――お、お待ちくださいー！」と元気な声が響いてきたのが分かり、ナタリーはお母様の思いやりを感じて自然と笑《え》みがこぼれた。

そしてお父様は、ナタリーの意識が戻ったことで頭がいっぱいなのか、ベッドの側で、ダバダバと涙を流し、お母様が料理を持ってくる間に、拉致《らち》された騒動《そうどう》の顚末《てんまつ》を聞けば――。

「宰相殿《さいしょうどの》は、殿下によって捕縛され……今度こそ逃亡《とうぼう》が無いように、と。事情を一通り聞いたのち、公爵《こうしゃく》様のお母上と共に――すぐに刑《けい》が執行《しっこう》されたとのことだ」

「そう、なのですね」

そう、お父様はナタリーの側で知っている事実を教えてくれた。元宰相については思うところがあるものの――やはり、彼が行ったことは人道を外れすぎている。そして、元義母の話も出たこともあり、ナタリーはユリウスのことを聞こうとして口を開いた。

「そ、そういえば、閣下は！　ご無事でしょうか？　私、あの時に助けられましたの……ぜひお礼を――」

「こ、公爵様か……」

ナタリーは、元宰相から聞き及《およ》んだことに疑問が尽《つ》きなかった。特殊《とくしゅ》な公爵家の事情もそうだが――それ以上に、死に戻る前に結婚《けっこん》していたあの頃も、もしかして魔力暴走に苦しんでいたのか。

(閣下にお尋《たず》ねしなければ、暴走のこと、死ぬ前の――以前のこと)

本当は、ナタリーを気にかける余裕《よゆう》なんてなかったのか。そして、あの頃《ころ》は大丈夫《だいじょうぶ》だった身体《からだ》の状態が、今はどうして……。そうした疑問が尽きないからこそ、ユリウスにお礼がしたいと——彼に会いに行く手筈《てはず》を整えようと思ったのだ。

しかしナタリーの目の前に立つお父様は、なんだか歯切れが悪い喋《しゃべ》り方だった。さすがに、長く返事に窮《きゅう》している父の姿に、ナタリーはその態度について問うべく、声をかけようとした——その時。

「だ、旦那様ぁあああっ！」

バタバタと駆けてくる大きな足音と共に遠慮《えんりょ》知らずの手によって、部屋の扉《とびら》が開かれる。

「あら……？　ミーナ？」

どうやらナタリーの回復を屋敷内に報告している間に、玄関先《げんかんさき》で郵便を受け取っていたようだった。焦《あせ》った様子のミーナは、お父様とナタリーに素早《すばや》く目線を向けてから自身が握《にぎ》る紙——新聞を取り出し、良く見えるように、開きながら。

「こ、公爵様が……公爵様のお家が、同盟国・セントシュバルツで取り潰《つぶ》されたとのことですっ！」

「……え？」

ミーナが話す言葉に頭の理解が追い付かず、思考が止まる——だって、ファングレー家は大きな公爵家で。漆黒《しっこく》の騎士として栄誉《えいよ》ある地位にいる……あの家が、短い期間で取り潰しだなんてありえない。しかし、そうしたナタリーの考えを覆《くつがえ》すようにミーナが見せてくれた新聞には、大々的な見出しとして。

『軍神の家・ファングレー公爵家、陰謀《いんぼう》に染まる⁉　地に落ちた噂《うわさ》により、我らの王が取り潰しに動く！』とあり、同盟国・セントシュバルツの内情を書き記してあった。セントシュバルツの王が、直々にファングレー家を取り潰すと広めたらしい。その言い分としては、フリックシュタインの元宰相と怪《あや》しい実験に手を染めていたとのことだった。

（そんな……！　閣下は、実験に協力なんてしていないのに……っ！）

ナタリーが信じられない思いで新聞を見つめていれば、お父様の方から声が上がった。

「そうか、はあ……ミーナ」

「旦那様の御申《おもう》しつけ通り、公爵様に関する新聞が出たら……とのことで、いち早く知らせに来たのですが……あれ？」

「そのな、こっそり持ってくるよう昨日言ったはずなのだが……」

お父様がため息をつき、頭を抱《かか》える仕草をする――いや、それよりも。

「お父様……なぜ、こっそりとなのでしょうか……？」

「……っ」

「どうして驚《おどろ》きよりも……諦《あきら》めの表情をされているのでしょうか……っ！」

「く……そ、それは――」

ナタリーは目を覚ましたばかりながらも、ベッドから起き上がり部屋の床《ゆか》に足をつけてお父様に相対するように向き合う。そんなナタリーにたじろいだのか、お父様は完全に押し黙《だま》ってしまう。その様子に、ナタリーはだんだんと頭に熱がこもっていく。

「お父様っ！　どうか、どうか真実を言ってくださいっ！　閣下は……」

自分が想像していた状態と全く違《ちが》う――閣下の状況《じょうきょう》が新聞に書かれていること。これが真実なのか、お父様に詰《つ》め寄るように……言葉をかけると。

「公爵様は、もう……戻らないだろう」

「え……？」

「王家で治療《ちりょう》の手を尽くすと聞いたが――殿下《でんか》から聞いたのは、魔力が暴走し、周りに被《ひ》害《がい》を及ぼすようなら……」

お父様は、言いにくそうに一度――うつむいてから決心したように、顔を上げる。

「公爵様を、王家の魔法《まほう》によって処分する……と」

「……ぇ、う、うそ……」

ナタリー、そして近くで聞いていたミーナもまるで時間を忘れてしまったように、息をするのを忘れてしまっていた。それほどの衝撃《しょうげき》だった。

「それが、同盟国・セントシュバルツと――わが国・フリックシュタインの約束、なのだそうだ」

「そん、な……」

「同盟国が公爵家を潰す動きをしたということは、手を尽くしたが、うまくいかなかったと報告がいったのだろう。だから、公爵様は――もう、だめなんだ」

「……でもっ！　宰相様の事件からは、日も浅いですし、新聞は今日出たばかりですわっ！　まだ、まだ……私が魔法を、魔法をかけに行けば……っ。もしかしたら……！」

そうナタリーは、すぐさま浮かんだ思いを――気持ちのまま口に出す。

「だから、いますぐ王城へ……！　王城へ私は向かいますので、馬車を……っ！」

ナタリーが、お父様に訴《うった》えかけるように言葉を紡《つむ》いだ――しかし。

「ダメだ、馬車は出さない」

その言葉とは裏腹に、見えたのはお父様の厳しい顔だった。重く暗い声が届く。その表情、声から見て……いつもナタリーに甘い顔をするお父様は、いなかった。

「そん、な――」

「真実をすぐに言わなかったのは、本当に悪かった。しかし、公爵様の魔力は国を滅《ほろ》ぼしてしまうほどのものだ。ナタリーも、宰相殿の一件で見たのだろう？」

「それは……そう、ですが、そうだとしてもっ！」

「そんな魔力に近づくのは、危険だ――思いは分かるが……ナタリーを危険な目に遭《あ》わせることを、父さんは、許可できない」

聞こえてきた言葉には、お父様の気持ちが吐露《とろ》されていた。切羽詰《せっぱつ》まるように、一言一句話していて――ナタリーを思いやる気持ちがひしひしと伝わってきたのだ。しかし、ナタリーは……それで素直《すなお》に引き下がる――なんてことはできない。

（閣下は地下研究所に囚《とら》われた私を、なにより武闘《ぶとう》祭で助けてくれた時も、魔力をたくさん使っていたわ。彼は――自分自身を犠牲《ぎせい》にしていたというのに、私が、私だけが見ないふりなんて）

頭をよぎるのは、いつだってナタリーを助けてくれたユリウスの姿だ。もちろん、昔は冷たい眼差《まなざ》しだってあったが――今の彼は、ずっと自分を、家族を助けてくれていた。温かい彼の心を、よく知っているのだ。

「それなら、お父様の許可はいりませんわ！　私が、一人で――」

「ナタリー……誰《だれ》か！　来てくれないか！」

「は、はいっ。旦那《だんな》様、いかがなさいましたか？」

「お父様……？」

ナタリーが言葉を言い切る前にお父様は大きな声を出し、執事《しつじ》や使用人たちを呼びつけ始めたと思えば――。

「ナタリーをここから出してはいけない」

「え？」

「ここから、何人たりとも……ナタリーを出すことは許さない。いいか、これはペティグリュー家当主としての命令だ」

「お父様……っ!?」

そして、周りの使用人たちが一瞬《いっしゅん》――お父様の雰囲気《ふんいき》に驚いたものの「当主としての命令」の内容を聞き、即座《そくざ》にナタリーを拘束《こうそく》するように動き始める。ナタリーの抵抗《ていこう》も空《むな》しく、すぐさまつかまってしまう。

お父様がナタリーの部屋から出る直前。

「……ナタリー、頼《たの》むから、父さんの言うことを聞いてくれ。そして頭を冷やすように」

「お父様っ！　お父様っ……！」

ナタリーは必死に、お父様に呼び掛《か》けていたが――その声は届かず。そんな中、ミーナだけが、お父様とナタリーの間で行ったり来たりをし、おろおろと戸惑《とまど》っているのであった。使用人に丁重《ていちょう》ながらも拘束され、自室へと閉じ込められてしまった。ナタリーが中に入り切れば、外からは鍵《かぎ》をかける音が響《ひび》いて――ナタリーがドアノブを回そうとしても。

「あか、ないわ……」

ナタリーの力ではうんともすんとも言わない扉《とびら》があるだけ。それを見て、よろよろとその場にへたり込んでしまった。

（やっぱり、もう……閣下とは、会えないの……？）

彼は魔力《まりょく》暴走のこと、ファングレー家の事情をどうして何も言わなかったのだろうか。もちろん、今のナタリーとユリウスは夫婦《ふうふ》ではなく……赤の他人で、なんなら前世では酷《ひど》いことを言われ、憎《にく》しみを抱《いだ》いていたのだ。ユリウスがナタリーに事情を言う——そしてナタリーがそれを聞く義務や義理なんてない。

それなのに……頭を埋《う》め尽《つ》くすほど、反対の気持ちでいっぱいになっていく。同時に、目元も熱くなっていって——ぽろぽろと、滴《しずく》が流れていった。どうして自分は、こんなに泣いてしまうのだろうか。ユリウスが言ってくれなかったから——それもある。でもそれ以上に、彼の優《やさ》しさに触《ふ》れて……彼をもっと知りたいと思った。あのころとは変わった彼と話をしたいと思った。

もう、ユリウスと話せないという現実を考えたくなくて——自分は彼の優しさに何かを返せたのだろうか。

(返す——いえ、そんな義務感じゃなくて)

ナタリーは涙《なみだ》が溢《あふ》れてくる瞳《ひとみ》を大きく開く。

(私——閣下と離《はな》れるのが嫌《いや》なんだわ……優しい彼ともう会えないなんて……でも、それは——)

自分の心をよくよく頭で理解をしようと思った矢先。

——コン。

お父様と言い争いを終えて、数刻ほど経《た》った頃《ころ》、軽いノック音が目の前の扉から響く。

「可愛《かわい》いナタリー、入るわよ……あら、用心深いわね。私が入ったら、鍵を閉めていいわよ」

優しく、聞きなれたその声は、間違《まちが》いなくお母様だった。きっとそばには、使用人もいるためか、他《ほか》に向けての声も聞こえてきた。

ナタリーが動く前にガチャッと目の前の扉が開き、お母様が温かい食事を手に持って部屋の中に入ってくる。そしてナタリーと目が合えば、お母様はナタリーよりも大きく目を見開いた。

「まあっ！　まあ、まあまあ……っ！　ナタリー、大丈夫《だいじょうぶ》っ⁉」

「おかあ、さ、ま」

「可愛い顔が、涙を流していると――私も悲しくなるわ」

お母様は食事をすばやくテーブルに置いてから、ナタリーにすぐさま近づき視線を合わせるようにしゃがみ込む。

「……でも、そうした、ナタリーが泣いてしまう思いがあるのも。事実なのよね……ずっと床《ゆか》で座り続けるのは、身体《からだ》に良くないわ。さあ、一回ソファに座って――」

ナタリーは相変わらず涙が止まらぬまま、お母様にうながされる形で、自室のソファに腰《こし》かける。そしてお母様は、ナタリーの隣《となり》に座り――ナタリーの頭をゆっくりと撫《な》でなががら「何をするためにも……まずは食事をとらないとだめだわ、顔色が悪いまま行動を起こすのは無謀《むぼう》よ。だから、まずはこの料理を食べて少し落ちつきましょう……ね？」と優しく語り掛けてくる。

そうしたお母様の言葉に、ナタリーはやっと自分が起きてから全く食事をとれていなかったことに気づいた。確かに、たとえ食欲《しょくよく》がなかったとしてもこのままでは自分の身体は途《と》中《ちゅう》でバテてしまう可能性が高い。それこそ、お父様の言う通りにずっと自室に閉じこもってしまう生活になってしまうのだ。そう感じたナタリーは、お母様に促《うなが》されるまま食事へ手を伸《の》ばす。ナタリーがお母様に見守られながら食事と休息をとったのち、お母様はゆっくりとナタリーに話しかけてきた。

「ナタリー、私が部屋から出て行ったあと……いったいどんなことがあったの？　私に話してくれないかしら……？」

「……っ」

「あら、あら、急すぎたかしらね」

「い、いえ……」

「ふふっ、言いたいことを言うのも大切だし……あくまで私の独り言だけど。お父様には秘密のお話とかもステキよね……？」

お母様はナタリーの目元にハンカチを優しくあて、溢れて流れる滴をぬぐいながら——

チャーミングにウィンクをする。その笑《え》みは、ずっと不安で埋め尽くされていたナタリーに安心感をもたらしてくれた。

「う……っうぅ。おかあさま……っ」

「はい、はい……ナタリーのことが大好きな母ですよ」

余計に涙が止まらなくなりながらも、勢いのまま、お母様に抱き着き──お母様もそれにこたえるように、ゆっくりと背中をさすりながら声をかけてくれた。


「……お、お母様。ありがとうございます」

「あら？　もう、いいの？」

「は、はい……」

お母様に長く抱《だ》きしめられていたおかげか、だんだんと頭が冷静になり、ナタリーは落ち着きを取り戻《もど》していった。大人にもなって、お母様に甘えすぎているのではと冷静な頭で考えてしまい、ゆっくりと一人で座る体勢に戻る。そんなナタリーの恥《は》じらいを分かっているのか。

お母様は、「気にしなくていいのよ……ふふ」と笑うばかり。ナタリーはカーッと、頬《ほお》に熱が集まっていくのを感じつつもお母様と対面するように、居直った。「そ、その」とお母様と向き合って話そうと試みるも、いったいどこから話せばいいものか迷ってしまう。

なにより、お父様に言い募《つの》ったことは言いづらくて——そんなナタリーの思いが、顔に出ていたのか。「あら、あら」と優しくほほ笑んだ。

「お父様に面と向かって、言い切ったことは聞いているわ」

「うっ、ご、ごめんなさ……」

「いいじゃない」

「え……？」

てっきりお母様から、叱責《しっせき》がくると予想していたのだが——それには反して、相変わらずお母様はどこか楽しげだったのだ。

「あら？　どうしたの？　驚《おどろ》いた顔をして」

「その、お父様に反抗《はんこう》してしまったから、その……」

「まあ。ナタリー、私は全然怒《おこ》ってないわよ？」

「へ？」

「ふふ、反抗だなんて、いいじゃない！　むしろ嬉《うれ》しいくらいだわ」

お母様は、ナタリーの髪《かみ》を優しく撫で「ナタリーは私たちのお人形さんではないのだから……当たり前でしょう？」と語り掛《か》けてきた。

「ただ……お父様は、ちょーっと。そうねぇ、過保護なところがあるから……ね？」

お母様にそう言われると、確かに否定できない場面が思い出され、思わずうなずきそうになってしまう……が、今回の件は、本当にナタリーの身を案じている気持ちは分かっていた。お父様の気持ちを考えると、目頭に熱がこもっていく。そんなナタリーの様子を見たお母様が驚きの声を上げた。

「あら！　もう！　ナタリーは本当に優しいわ……親に反抗する子は普通《ふつう》なのよ？」

「で、でも……」

大好きなお父様が嫌がっていることをしたくない気持ちも、確かにあって――部屋の中に閉じ込められてから、チクチクと胸の中で痛みを感じたのも事実だった。

「そうねぇ。それなら、お父様の昔話をしましょうか」

「……え？」

「お父様はね、本当は私と結婚《けっこん》するのではなく――ペティグリューの分家の方と結婚するお話が来ていたのよ？」

「へ……へっ⁉」

突然《とつぜん》、お父様の昔話――それも、聞いたことがなかった結婚前の話を聞き、ナタリーは大きく動揺《どうよう》してしまう。

「ふふ。驚いたかしら？」

「は、はい」

お母様はナタリーの反応を見ながら「良い反応ね」と笑う。

「でもね、その頃はちょうど私は、お父様と――大恋愛《だいれんあい》をしていたから」

「そ、そうなのですね……？」

「ええ！　舞踏会《ぶとう》に、ペティグリューの観光に……いっぱいあるわ」

普段《ふだん》あまり惚気《のろけ》たりしないお母様の恋話《こいばなし》に、思わずナタリーは聞き入ってしまう。しかし、お母様は「デートの話はまた今度ね」と言ってから。

「思い合ってはいたのだけど……私と一緒《いっしょ》にいるということは――ペティグリュー家の意思とは相反することになってしまってね」

「……」

「だから、潔《いさぎよ》く私……身を引こうとしたのよ」

「そ、それは……」

大恋愛と言っていたのだから……自ら身を引く覚悟《かくご》は相当なものであったはずだ。でも、今現在二人は結婚し――家にいるわけで……。どのようにそうなったのか、窺《うかが》うようにお母様を見つめる。

「ふふ。でもね、そんな私をお父様ったら……家まで押しかけて大声で告白をしてきてね」

「へっ⁉」

「ね？　驚くでしょう？　君を諦《あきら》められないんだって、どれだけ周りが……立ち退《の》かせようとしても、地面に寝転《ねころ》がってね」

その話を聞き、ナタリーは即座《そくざ》に頭の中で、駄々《だだ》をこねるお父様の姿を思い出した。まさか、お母様と恋愛をしていた頃《ころ》からそうだったなんて。

「我慢《がまん》比べ……いえ、頑固《がんこ》比べ、かしら？　私との結婚を認めてくれなければ当主、家なんて考えられないとまで言ってね」

「ま、まあ……」

「もう、ペティグリュー家も私の家もまいってしまってね……なかなか、お目にかかれない光景だったわ」

そう語るお母様は、言葉は困っているように喋《しゃべ》っているのに、表情は目じりが柔《やわ》らかく緩《ゆる》み――お父様を思う温かさが伝わってきた。

「最後は、お父様の粘《ねば》り勝ち！　本当に困っちゃう人なんだから……」

「そ、そうなのですね」

「でも、お父様の姿を見て――私ね。どんな困難なことでも、当たってくだけるのって、とても素敵《すてき》だなと思ったの」

お母様の言葉にドキッと胸が跳《は》ねる。

「ねえ、ナタリー。あなたは、覚悟をもって公爵《こうしゃく》様のもとへ行きたいのかしら？」

そして、お母様はナタリーと視線を合わせた。

「……わ、わたし、は」

ナタリーは問いかけてきたお母様の目をしっかりと見つめ返す。


「……私は、閣下のもとへ行きたいです」


自分が思うよりはっきりと、そして、するすると言葉が口から出た。その言葉を聞いたお母様は、途端《とたん》に笑みを消した。

「……それがもしかしたら、自分の命の危険を伴《ともな》うような場所で——周りが悲しむことになっても？」

「……っ」

真剣《しんけん》な表情で、ナタリーに相対する。命の危険は確かに怖《こわ》い——しかしそれ以上に、両親の悲しむ姿が脳裏《のうり》に浮《う》かび、思わずひるんでしまう——そんな柔らかくない雰囲気《ふんいき》で、軽《かろ》んじて言葉を出せない重さを感じたのだ。

それでも、頭に思い浮かぶのは——。

「そうだとしても。私は、閣下のもとに行きたいのです……っ」

「……そうなのね」

自分の素直《すなお》な気持ちを口に出せば。思いのほかすとんと理解できた。それと同時に、自分のこの気持ちが周りを悲しませる事実に痛みを感じる。しかし、自分のこの気持ちを諦められるのか——そう自問自答すれば。

（諦めることは、できないわ）

はっきりとした自分の心に納得《なっとく》をし、自分へ活を入れるように一度大きく息を吸う。再び、お母様を見つめれば硬《かた》い表情をしたお母様がそこにいて、ピリピリとした時間が続くと思ったその瞬間《しゅんかん》。

「ふっ。ふふ……」

「お、お母様？」

「あ、笑ってしまって……ごめんなさいね。あなたの顔が、昔のお父様にそっくりで」

「えっ？」

お母様は、今までの表情を崩《くず》し——どこか嬉しそうに、ナタリーを見つめる。

「母としては、娘《むすめ》に危険な、無茶なことはしてほしくないわ——けれど、それ以上に」

そして、お母様はナタリーの肩《かた》にそっと手を置く。

「一人の女として——誰《だれ》よりも、心からナタリーを思う女として。公爵様のもとへ行きたいあなたを応援《おうえん》するわ」

「お母様……」

じんわりと、目頭《めがしら》が熱くなるナタリーとは反対にお母様は、お茶目にウィンクをしてきたのだった。

「さて、そうしたら。今の閣下の状況《じょうきょう》を伝えないとね」

「お母様、ありがとうございます」

「いいのよ。ただ、今は結構……逼迫《ひっぱく》しているようなのは確かよ。公爵様のいる――王城のお話は、伝え聞いた限りだと人の入城を制限しているそうよ」

「そ、そんな……」

王城への人の出入りを制限するのは、戦時や災害時のはず。ナタリーはお母様の話を聞いて、ごくりと喉《のど》を鳴らす。

「どうやら、王族や王城に仕える者以外――貴族すらも立ち寄れないのだとか」

「……でも、その制限が続いているということは」

「そうね。まだ、王城で閣下は〝生きている〟可能性は高いと……思うわ」

お母様は、ナタリーの肩をポンと優《やさ》しく叩《たた》く。

「きっと何か、打開できるはずよ」

「は、はい」

「いい顔になったわね。ふふ……あ、そういえば。閣下のご病気、ご体質は……あのお医者様では、治らなかったのかしら……」

ふと、お母様が疑問を口に出す。それは、ナタリーも考えていた……というより、前世ではフランツがユリウスの身体《からだ》を治したと思っていたのだが。

(フランツ様は長年、閣下の身体を診《み》てきたのだから何も知らないことはないはず)

ナタリーは元宰相《さいしょう》との話で魔力《まりょく》暴走の危険性についてはよく分かったが、それに対して、自分の魔法で治すことができるのかは曖昧《あいまい》だ。

(一時的な治療《ちりょう》はできたのだけれども――結局閣下は、再発して……)

思い浮かぶのは、ペティグリュー家の遺跡《いせき》で見た――苦痛の表情をするユリウスの顔だ。

自分の知識だけでは、限界かもしれない。しかし刻点病のこともしかり、様々な病に精通しているフランツに会えば、何かが分かるかもしれないのだ。

「お母様、私……フランツ様の所へ行こうと思います」

「そう。決めたのね?」

「はい……!」

力強くお母様に返事をすれば、お母様はにこりとほほ笑み。

「そうしたら、家から出なければいけないわね……」

その言葉を聞き、ナタリーは暗い表情になった。現在、自分はお父様から見張りをつけられ、外出を禁じられているのだ。フランツの所へ行くことを決めたのはいいものの、そう簡単に出ることなど無理だろう。ナタリーの考えこむ様子とは対照的にお母様は、すぐさま立ち上がって……ナタリーの部屋の扉《とびら》を開ける。

「奥様、お話は終わりましたか？」

「ええ。あ……！　そういえば、そろそろあなた交代の時間じゃなかったかしら？」

「あっ、確かに……そろそろですね。急に決まったものですから、まだ交代の者の手配が上手《うま》くいってないかもしれません！　ご心配をおかけし、申し訳ございません」

どうやら、お母様は扉の外にいる見張りの使用人と話しているようだった。

「まあ！　私は怒《おこ》っておりませんよ。むしろずっと立ちつづけるのも、辛《つら》いでしょう？」

「い、いえ……お心遣《こころづか》い痛み入ります」

「そうねえ、あら……ミーナじゃない！」

「奥様……！　ミーナでございます！」

使用人の声とは別に、聞きなれたミーナの声が聞こえてきた。するとミーナを見つけたお母様は、嬉《うれ》しさを隠《かく》さずに「ナイスタイミングね！」と喜びながら声をあげる。

「そろそろ、働きすぎなミーナに休暇《きゅうか》を与《あた》えようと思ってね」

「えっ！　あ、ありがとうございますっ！」

「ええ、明日はゆっくり休んでいいから……最後に、今日の……この見張りの交代を任せてもいいかしら？」

「もちろんですっ！」

「私を気遣ってくださいまして……あ、ありがとうございます……！　奥様……っ！」

ミーナの明るい声と、使用人の感極《きわ》まった声が同時に聞こえたのちお母様は、使用人に下がるよう命じて――再びナタリーのいる部屋にミーナと一緒《いっしょ》に戻《もど》ってきた。

「お嬢様《じょうさま》っ！　お身体は大丈夫《だいじょうぶ》ですか？」

「ミーナ！　大丈夫よ、それよりも……」

ナタリーはほほ笑《え》むお母様に、ミーナが入ってきた理由に疑問の視線を向ける。だって、ミーナは代わりの見張り役として――。

「奥様っ！　うまくいきましたね……っ！」

「ええ、ばっちりよ！」

「え？　……えっ？」

なにやら、二人の中では特に齟齬《そご》はないようでニコニコと笑うミーナに、お母様はウィンクをしている。一方のナタリーは、二人の顔をキョロキョロと見るだけ。

「ふふ……ミーナには、手伝ってもらったのよ。屋敷《やしき》からの脱出《だつしゆつ》計画ってところかしら？」

「はいっ！　私、旦那《だんな》様も、奥様も大好きですが……お嬢様の侍女《じじょ》で、お嬢様のお役に立てることがなによりの誇《ほこ》りなんですっ！」

「ミーナ……」

「へへ、幼い頃《ころ》からずっと一緒なのもありますけどね」

照れ笑いも入ったミーナは、ナタリーを温かく包むように見つめた。そう、ミーナはペティグリュー家に仕える使用人の子どもで、幼い頃からずっと一緒だった。

「ふふ、いい侍女をもったわね。ナタリー」

「はい……！　ありがとう、ミーナ」

ナタリーがお礼を言えば、ミーナはまたさらに嬉しそうな笑顔を見せてくれた。

「じゃあ、馬車を用意しているから荷物を持って裏口へ。ミーナ、案内してあげてね」

「はいっ！　お任せを……！」

お母様にそう言われ、荷物を持っていこうとポーチに手をかけ、他《ほか》に持っていくものがないか、引き出しなどもあけて確認《かくにん》する。

（……エドワード様からいただいた……ペンダント）

目に入ったのは、ずっと返しそびれていた獅子《しし》の絵柄《えがら》が入っているペンダント。王城のことを話していたこともあり、彼の顔が浮《う》かび――ポーチの中へ、無意識に入れていた。

「荷物を持ちましたわ」

ナタリーの声を聞いたお母様はこくりと頷《うなず》き、ミーナに視線を向けた。

「それじゃあ、ミーナ。お願いね……屋敷のお父様のことは私に任せておきなさい」

「お母様……っ」

「いい？　後悔《こうかい》をしない気持ちを大切にしなさいね」

「はい……！」

「良い顔よ。それじゃあ、いってらっしゃい」

お母様から励《はげ》ましの言葉を受け、目をしっかりと開いてお母様と視線を合わせた。

「いってきます！」

お母様に背中を押されるように、ナタリーは部屋から廊下《ろうか》へと出て行った。お母様を残して、扉が閉まる。

「本当に、お父様にそっくりね……ふふ」

主《あるじ》がいなくなった部屋には――お母様の楽しげな声が響《ひび》いていた。


ミーナの案内のもとナタリーは自室から廊下へ、そして裏口へと向かう。現在は夜更《よふ》けのため、使用人の気配もあまりない。おそらく、ナタリーの自室前の見張り以外は、みな寝《ね》ているのだろう。使用人に見つかることなく――すんなりと目的の場所へ辿《たど》り着けた。

「お嬢様、この馬車です……！」

「分かったわ！　ありがとう、ミーナ」

「いえっ！　その……」

ナタリーが馬車の方へ視線を向けたのち。ミーナはなにやらもごもごと、口を動かす。

「その……ミーナは、お嬢様がしたいことは分かっておりませんが……それでもっ、応援《おうえん》しておりますっ！」

「ミーナ……」

「なにより、旦那様も……最初はああ言っておりましたが、その後ずっと……考え込んだり、部屋の中を歩きまわったりしておられました」

「そう、なのね……」

使用人に拘束されたあとのことについては、お父様がどんな様子だったのか知らなかった。しかしミーナの言葉を聞いて──やはり自分のことを、心配していたのかもしれないと思う。そう思うと、ナタリーの瞳《ひとみ》に影《かげ》が宿る。

「でもっ！」

「え……？」

「あくまで、私の想像なのですが……旦那様がそうしていたってことは……お嬢様の行動すべてを否定したいとは思っていないんじゃないかって……」

そうしたミーナの言葉に、のしかかっていた心の重石《おもし》が軽くなったように──ナタリーの心が救われる。ずっと、お父様を一方的に悲しませてしまったのではないかと罪悪感を持っていた。

(決めたと思っても、どこかでもやもやするものよね)

ナタリーのもやついた心情が、ミーナの言葉で少し明るくなった気がする。

「ミーナ、ありがとう」

「お嬢様……」

「私が帰ってきたら、久しぶりに……ケーキパーティーを一緒に開きましょう?」

「はいっ! たくさん、試食をして取り揃《そろ》えておきますので……っ!」

ナタリーはミーナに笑みを向けながら、御者《ぎょしゃ》に声をかけて馬車の中へと乗り込んでいく。

そして馬車の窓から、顔を出す。

「いってくるわね!」

「お気をつけて……! いってらっしゃいませ……!」

深々とお辞儀《じぎ》するミーナに見送られ、ナタリーを乗せた馬車は走り出すのだった。


「お嬢様、ここで合ってますでしょうか?」

ナタリーを乗せた馬車は、危険な道を避《さ》けながらスムーズにフランツがいる僻地《へきち》へとたどり着くことができた。それもこれも、以前一度通ったことがある道であることとユリウスから教えられた道を全力で覚えた御者の努力の賜物《たまもの》なのだろう。馬車が止まる音とともに声をかけられたナタリーは、窓に視線をやる。そうすると、見覚えのある――お母様の薬のために赴《おもむ》いた時と全く同じ家があった。

「ええ、ここよ……しばらく、待っていてもらっても大丈夫《だいじょうぶ》かしら？」

「はいっ！　かしこまりました」

御者に声をかけたのち――ナタリーは慣れた足取りで馬車から降り、目の前の家へと近づく。夜更けともあって辺り一面は暗いものの、家の窓からは明かりが漏《も》れていて、中の人物が起きていることがうかがえた。

ナタリーはきゅっと手を一度握《にぎ》ってから、ドアノッカーへ手をかけ、軽い音を鳴らした。

「ごめんくださいませ、ナタリーです」

そう声をかけると、中からドタバタと焦《あせ》ったような足音が聞こえてきた。

「ほっ！　ナタリー嬢《じょう》なのか……っ？」

ドアの向こうから、フランツの声が聞こえたかと思った瞬間《しゅんかん》。素早《すばや》く目の前の扉《とびら》が開いた。そして驚《おどろ》きに目を見開くフランツが出迎《でむか》えてくれたのだ。

「いやぁ、珍《めずら》しい時間の訪問じゃのぅ……ほっほっほ」

「夜分遅《おそ》くに申し訳ございません……その……」

「いいんじゃ、ナタリー嬢のためなら年中無休で開けるからのう……まあ、中へお入りなされー」

「ふふ、ありがとうございます」

フランツのお茶目な言葉に笑《え》みをこぼしつつも、彼の案内に従うようにナタリーは中へと足を踏《ふ》み入れたのであった。家の中に入れば、そこは相変わらず薬品の匂《にお》いに包まれていて、患者《かんじゃ》用のベッドが置かれている部屋の奥はカーテンで仕切られている。僻地の診療《しんりょう》所《じょ》として清潔に保たれた室内が見えてきた。

「ううむ……あまり、おもてなしできる物がなくてのぅ……すまない」

「いえ、お気になさらずに」

そして促《うなが》されるまま椅子《いす》に着席すれば、フランツもまた対面の椅子に腰《こし》かけた。

「ふむ……歓談《かんだん》をしにきたってわけでもなさそうじゃのう……」

「……ええ、そ、その」

「公爵《こうしゃく》様のこと、かのう……？」

「……っ！　は、はい」

フランツが口に出した内容に、心臓が早鐘《はやがね》を打つ。思わず彼の顔を見れば、眉間《みけん》に力が入っているのか難しい表情をしていた。

「フランツ様……閣下のこと、彼の体質のこと……ご存じなのですよね？」

「……そう、じゃな」

ナタリーから質問を受け、フランツは「ふぅ」と息をついた後、重そうに口を開いた。

「わしは、公爵様の〝魔力暴走《まりょくぼうそう》〟について知っている」

「……っ！　その、私も閣下の体質について知って――どうにかする方法がないかと……」

「そうか……」

相変わらず暗い表情を浮《う》かべたままのフランツに、ナタリーもまた緊張《きんちょう》が増していく。

そんな重い空気の中、フランツがゆっくりと話した。

「どうにかする――方法はある……んじゃが……」

「……っ！　そうなのですね！　それなら、教えてくださいませんか……っ！」

ナタリーの必死な声に押されてか――フランツは、身体《からだ》をこわばらせた。

「……それが、ナタリー嬢の身体に悪影響《あくえいきょう》――危険があるかもしれないとしても知りたいのかのぅ……？」

「――え？」

フランツとナタリーの間に沈黙《ちんもく》が落ちる。それは、言葉を上手《うま》く呑《の》み込めないような――沈《しず》んでいくような雰囲気《ふんいき》だった。

「き、けん……ですか？」

「ああ……」

力を振《ふ》り絞《しぼ》って、ナタリーは口を動かす。すると、フランツもそれに応《こた》えるように言葉を紡《つむ》ぎ始めた。

「前に、公爵様が起きんかった時があったじゃろう？」

「え、ええ」

「その時にな。公爵様の魔力暴走に関して――魔力量を検査してたんじゃ……まあ、いつも定期的にやっとることだから、そう変わったことではないんじゃが」

フランツが話す内容に、しっかりと耳を傾《かたむ》ける。そして思い出すのは、戦争時に……ナタリーとお父様を助けるために敵から攻撃《こうげき》を受け、倒《たお》れてしまったユリウスの姿。

(でもたしか、あの時は……私の魔法《まほう》で、傷が塞《ふさ》がって――)

ナタリーがフランツを見つめれば、フランツもまたナタリーが何を考えているのか分かったようだ。

「そうじゃな、あの時は……ナタリー嬢のおかげで、公爵様の魔力も落ち着いていたんじゃ」

「……そうなのですね」

「うむ……しかし一時的にといった感じでな」

フランツが言うには、魔力検査でいつも記録される数値が、大幅《おおはば》に減っていたとのことだった。しかし、魔力暴走の発端《ほったん》であるファングレーの魔力がまるっと消えたわけでもないらしく。

「結局、今のように……暴走することになってしまったんじゃ」

「……」

「じゃがな、一つ分かったことがあってのぅ」

話を切り替《か》えるように、フランツが口を開く。

「公爵様の魔力の性質がな……部分的に、変わったんじゃ」

「かわ、った……？」

「ああ、それも……検査をした時に気づいたのじゃが――ナタリー嬢の魔力と混ざっているようなんじゃ」

フランツの話を聞き、ナタリーはハッとする。それは、つまり――。

「先ほど言った、公爵様の魔力暴走を止める方法の話に戻《もど》るとしようか。それはの……ナタリー嬢の魔力を混ぜることで公爵様の魔力を中和すればいいんじゃ」

「……っ！　それなら――！」

はじめフランツはナタリーの身体に悪影響が出るかもしれないと言っていて、内心身構えていたが、ナタリーは明るい気持ちになる。なぜなら自分の魔力をユリウスに送ることというのはつまり、癒《いや》しの魔法を使うということ。であれば慣れたことなので――全く問題がないと答えようとした時。

「しかし――今の公爵様は、完全に魔力が暴走している状態と聞いておる。ナタリー嬢が、魔法を……魔力を使ったとしても」

より一層厳しい顔つきにフランツはなっていく。

「何が起こるか分からない。もしかしたらナタリー嬢《じょう》の魔力が無くなる――もしくは、命を落とすかもしれないんじゃ」

「そ、れは――」

「厳しいことを言うんじゃがな、この可能性は……魔力暴走の初期ならまだしも……今はとても高い」

魔力がなくなるというのは、すなわち魔法が使えなくなることと同義だった。なにより、魔力がなくなったあと使われるのは自分の命。武闘《ぶとう》祭の違反《いはん》者と同じく、生命力を使用することに繋《つな》がるのかもしれない。

今まで、魔力を完全に出し切り――その後、またさらに使おうとする事例は聞いたことがない。ナタリーの先祖すら、魔力を使い切るだけだったのだ。そんな誰《だれ》も踏み込んだことのない方法を試《ため》すということは、危険と隣《とな》り合わせなのだろう。

「悪いことは言わん……公爵様のことは忘れて、ナタリー嬢は、平穏《へいおん》な生活に戻ったほうがいい」

「……え？」

「公爵様の国・セントシュバルツでは、家を取り潰《つぶ》し――もう屋敷《やしき》すら撤去《てっきょ》されはじめたと聞く……ナタリー嬢は何も悪くないんじゃ……時期が、運が悪かっただけで」

フランツはまるで、子どもをあやすように諭《さと》すように、ナタリーに優《やさ》しく語りかける。

その言葉は、お父様と一緒《いっしょ》で――本当に、ナタリーのことを気遣《きづか》うものだった。

「公爵様もな……ナタリー嬢には幸せに暮らしてほしいと言っていたんじゃ」

「閣下が……？」

「ああ、武闘祭の日じゃったかな。体質のことで、今話した内容と同じことを説明したんじゃが、ナタリー嬢に危険が及《およ》ぶのは嫌《いや》だとな……」

「……」

フランツの言葉を聞いたのち、ナタリーは自分の手に力を込め――きゅっと握《にぎ》る。

（私に危険が及ぶのが嫌だ……？）

ユリウスの言葉を聞いたナタリーは歯がゆい想《おも》いを感じる。自分のことを二の次にナタリーを優先していたなんて。そう思うと、自分でも止められないほどの、胸が締《し》め付けられる感覚にナタリーは襲《おそ》われる。

そこにあるのは悔《くや》しさのような――そうした自分の気持ちがいっぱいに膨《ふく》れ上がってきたのと同時にナタリーは口を開いた。

「フランツ様」

「なんじゃ？」

「閣下の体質を治す方法……可能性はゼロではない、で合っていますか？」

「ああ、そ、そうじゃが……」

　ナタリーの言葉に、フランツは不意を突《つ》かれたようで驚《おどろ》いている様子が分かった。そんなフランツに笑顔《えがお》を向ける。

「私、閣下のもとへ行こうと思いますわ」

　場がシーンと静まり返り、ナタリーとフランツの間に再び沈黙が落ちる。しかしそれも一瞬《いっしゅん》のことだった。フランツが、ナタリーを見定めるように口を開いた。

「ほぅ？」

「可能性がゼロではないこともそうですし――会って話したいこともあるんですの」

　ナタリーはフランツの視線を正面から受け止め、真っすぐに見つめ返す。自分の想いを再び感じ取るように、しっかりと前を向いた。そうしてナタリーとしばらく、無言で視線を交《か》わしていたフランツはぽつりと言葉をこぼす。

「……そうか」

　フランツは眩《まぶ》しいものを見るように、目を細めたのち――「ナタリー嬢が決めたのなら、それが一番じゃ」とゆっくりと頷《うなず》いた。

「ほっほっほ……公爵《こうしゃく》様が、うらやましいのう……」

「え？」

「いや、なんでもないんじゃ。ああ、そういえば――公爵様のもとへ行くとは言うが、居場所は分かっているんかの？」

「はい……王城にいらっしゃる、と。ただ……」

ナタリーが言葉を濁《にご》すと、フランツが察したように「ああ、今じゃと――出入りに制限をかけているようじゃの……実質、封鎖《ふうさ》しとるといったところかのう……うぅむ」と頭に手を当て――悩《なや》んでいる様子が伝わる。

「しかも。ここからじゃと……馬車でも時間がかかるからのう……」

「そう、ですわね」

フランツが「困った」と言いながら、何か手立てはないものかとぐるっと部屋を見回したのち――閉め切られているカーテンに目を留めた。

「ほっ！　そうじゃったわ」

「フランツ様……？」

「ついのう……忘れてしもうていたんじゃが」

フランツは何かを見つけたかのように立ち上がり、カーテンで閉め切られている場所へずんずんと歩いていく。

（あのカーテンの先は……確か、エドワード様が寝《ね》ていた……ベッドがある場所？）

フランツの行動を見守るように視線を向けていれば、フランツはカーテンに手をかけ、勢いよく引いた。

――シャッ。

「ほれっ！　起きんかいっ！」

「うっ……」

「え？」

「まったく。上がいないとすぐ、怠《なま》けるからのう……」

「うぅ……なんだよ、じいちゃん。ちょうど休憩《きゅうけい》の時間なんだから……ってか、俺は、美女さえいれば、怠けたりなんか……っあれ？」

フランツが開けたカーテンの先には、見覚えのある軽薄《けいはく》そうな――甘いマスクをした男。

ユリウスとよく一緒に騎士《きし》団にいた――。

「マルク様……？」

「麗《うるわ》しのご令嬢《れいじょう》っ⁉」

ナタリーも驚いたが、それ以上にとぼけた声をあげながら、マルクは盛大に驚いていた。

「うちの怠け者がいることに、気づいてのう……確か騎士団の副団長をやっておったはずじゃからの。馬を扱《あつか》うのは得意じゃろうて」

「え？　えっ？」

「じいちゃん、いったい何を……」

マルクもナタリーも、フランツの真意が分からずおどおどとしていれば、フランツは妙《みょう》案《あん》を思い付いたとばかりに声をあげた。

「ナタリー嬢、馬車の馬を一頭かしてくれんかの——マルクが王城まで、ひいては中まで案内しましょう」

「じ、じいちゃんっ⁉」

「なんじゃ、そんな驚いた顔をしよって。布団《ふとん》で狸寝入《たぬきねい》りでもして、聞いておったんじゃろう？」

「ぎ、ぎくぅ」

「マルク様……？」

フランツの言葉に、あからさまな反応を示したマルクを見れば、申し訳なさそうに眉《まゆ》を八の字にしていた。「き、聞くつもりはなかったんだけどね……その、つい。ごめんね？」と茶目っ気のある瞳《ひとみ》で謝罪してきたのだった。ナタリーも、笑みを浮《う》かべながらやや引き気味に「い、いえ」と返事をした。

「まあ、そうは言っても。使える奴《やつ》じゃからのう」

「え、えっと？」

「ナタリー嬢。馬の件は、大丈夫《だいじょうぶ》かの？」

「え、ええそれは……もちろん」

「ふむ。マルク……」

ナタリーから了承《りょうしょう》を得たフランツは、マルクの方を向く。

「な、なに？　じいちゃん」

「先ほど、公爵様がこんなことになるなんて納得《なっとく》できない～とぐちぐち零《こぼ》しておっただろう？」

「う、ううっ」

「確か公爵様ほど真摯《しんし》に業務に、そしておぬしに向き合ってくれた奴はいなかったと……公爵様をどうにかして助けてあげる方法はないのかと、あんなに喚《わめ》いて……」

「あっ、あ～～！　じいちゃんに言われなくても、行くつもりだったよっ！」

いつも飄々《ひょうひょう》としたマルクとは違《ちが》い……祖父の前ともあってか、だいぶ取り乱した様子になっている。

（まさか、マルク様のおじい様だっただなんて――）

ナタリーは、意外な二人の関係を知った。確かに目元や髪色《かみいろ》を含《ふく》めて、親しみやすい彼らの性格がよく似ていると感じる。

「さて、この孫も快諾《かいだく》してくれたようですからの」

「……ウン」

「ナタリー嬢《じょう》、準備はできたかのぅ？」

「フランツ様……」

マルクは相変わらずフランツにぶうたれているが、明確な拒否《きょひ》はせずナタリーの様子を窺《うかが》っている。

「ええ、もちろんですわ！　……マルク様、どうぞよろしくお願いいたします」

「へへっ！　ま、任せてよ～！」

調子のいいマルクの反応に、フランツは「はあ」とため息を吐《つ》きつつも「こやつなら、力がありますからな……心配は無用じゃぞ」と太鼓判《たいこばん》を押していた。早速《さっそく》と言いつつ、外へ続く扉《とびら》を開きマルクへ馬を手配するように告げて、御者《ぎょしゃ》に軽く説明をする。

御者は、「え？　え？」とどこか理解しきれていないようだったが主人であるナタリーの命令もあって、素直《すなお》に従っていた。そして馬の準備など、もろもろが整ったのち。

「い、今だけ触《ふ》れるけど……その、他意はないのでって、あいてっ！」

「はよせんかい……」

「うう……」

「は、はは」

ナタリーが馬に乗る際に、マルクが手を貸してくれた。そして馬に腰《こし》かけたナタリーを支えるようにマルクが後ろにまたがれば馬も準備は万全だといった様子で、嘶《いなな》いた。

「ふむ、大丈夫そうじゃの」

「ばっちりだね！」

「ああ、それと……ナタリー嬢、もう一つお願いになるんじゃが……」

「え？　な、なんでしょうか？」

もうあとは走るだけになった段階で、何か不味《まず》いことでもと心配そうな顔になれば、フランツは「ああ、そんな手間なことではないぞ」と言った。

「そのな、ここに馬車が残るからのう……よければ、貸してほしいんじゃ」

「え？　そ、それは」

「ああ、ちゃんと返すからのう……どうじゃろうか？」

「い、いいえ、急に言われて驚《おどろ》いただけですわ。問題はありませんし……確かに、ここに止まっていますと――ご迷惑《めいわく》をお掛《か》けしますものね」

ナタリーとしても、ナタリーがいない馬車を屋敷《やしき》にかえすとなるとペティグリューのみんなを心配させてしまうのではないかと不安があったのだ。

「迷惑なんてことはないのう。じゃが、貸してくれるのは助かるのう」

「ふ～ん」

「なんじゃ？　うるさい孫よ」

「なんでもないよ。そうしたら、俺たちは行こうか、ナタリー様」

「え、ええ」

何かフランツに対して思うところがあるのか。マルクがおどけたような声を出したが、すぐに話は切り替《か》わった。

「二人とも、気を付けて。公爵《こうしやく》様を頼《たの》んだぞ」

「はいっ！　ありがとうございます！」

「もちろんっ！　まかせてね」

「マ、マルク様、ありがとうございます！」

フランツに別れの挨拶《あいさつ》をして、マルクからは調子のいい声が飛んできた。ずっと暗く、差し迫《せま》った空気の中でも、二人のおかげで確かに前へと道が切り開かれたように感じた。

「では、いってまいります！」

ナタリーの言葉に応じてマルクが「はっ」と声を出し馬を走らせ始める。フランツも見えなくなるまで、手を振《ふ》ってくれていた。

（――閣下……！）

馬が走り出し、景色が変わっていく中。逸《はや》るナタリーの気持ちがそこに確かにあった。

マルクとナタリーがいなくなったのち。御者とフランツが外に取り残されていた。一頭いなくなったとしても、馬車としては十分機能しており、御者はフランツの方を見ながら「わ、私はいったいどうすれば――」と声を出す。

「ほっほっほ。そんな大したことではないよ――いるかの？」

「え？」

フランツの言葉に、誰《だれ》もいないと思っていた建物の陰《かげ》から――。

「お呼びでしょうか、上皇陛下」

「あ～相変わらず堅《かた》いのう……」

「も、申し訳ございません」

「まあ、よい」

御者が、「えっ」と驚いているうちに現れたのは逞《たくま》しい体つきの騎士《きし》で、その騎士がフランツに膝《ひざ》をついていたのだ。

「さて、御者殿《どの》……」

「は、はひ……」

「セントシュバルツ城まで、お願いできるかの？」

フランツに声をかけられた御者は、自分の目の前にいる人物に合点《がてん》がいって頭から血の気が無くなっていく。もちろん、口では「はい」と言うのだが、目の前の優《やさ》しい老人が同盟国・セントシュバルツの先代の王――フランツ・セントシュバルツであるということが、御者の身体《からだ》に激震《げきしん》を走らせていた。

御者はきびきびとした動きで、馬車の扉を開ける。フランツはその様子に、「ありがとう」と笑《え》みをこぼしながら。

「若いもんが、頑張《がんば》っているからのう。この爺《じじ》も――自国のことなら頑張らないと、のう」

そう楽しそうにつぶやき、フランツは馬車の中へ――騎士と共に乗るのであった。

第五章　思わぬ衝撃

マルクが馬を走らせる中、ナタリーは馬車の時よりも素早《すばや》く変わっていく景色をちらりと確認《かくにん》しながら、身体が落ちないようにしっかりと鞍《くら》のでっぱりを掴《つか》む。

「ナタリー様、大丈夫？」

「え、ええ。マルク様もお休みの最中でしたのに……本当にありがとうございます」

「あ、ううん！　それは全然！」

一瞬《いっしゅん》、休みという言葉に焦《あせ》ったような声が聞こえた気がしたが……どうかしたのかと、ナタリーが尋《たず》ねる前にマルクが口を開いた。

「ねえ、ナタリー様」

「は、はい」

「狸寝《たぬきね》入《い》りしてナタリー様の話を聞いていたのは……本当に申し訳なかったのだけど、魔《ま》力《りょく》暴走を起こしたユリウスを助けたいって思うのは俺も同じだったんだ」

「マルク様……」

「もちろん、騎士団での長年の付き合いっていうところもあるんだけど……ユリウスにさ、お前は顔の良さだけじゃなく剣《けん》の技量がある、だからそれを活《い》かせる漆黒《しっこく》の騎士団に来ないかって言われたのが――俺が騎士になろうと思ったきっかけ」

「閣下が……？」

「うん。あの時の俺は、なあなあに生きてたのもあって、ユリウスにそう言われるまでは自分のスキルっていうの？　そういう良さに気づけなかったから、もしかしたらそのまま腐《くさ》っていたかもしれない……そう思っているんだ」

少し明るい口調ながらもゆっくりと淡々《たんたん》と話すマルクの顔を一瞬見上げ、ナタリーは静かに耳を傾《かたむ》けた。女性が好きだと公言するマルクも間違《まちが》いなく彼の性分なのだろうが、今話している声からも、彼の本心が垣間見《かいまみ》えているような気がしたのだ。

「ユリウスは不器用だけどさ、優しいやつなんだよね。だからあいつが、一方的に不遇《ふぐう》の立場に追いやられてしまうのは――……」

「私も」

「え？」

「私も閣下は優しい方だと思いますし――こうして排除《はいじょ》されてしまうのはおかしいと思っているんです」

「ナタリー様……」

マルクはナタリーの言葉に深く頷《うなず》いてから、心の重石《おもし》がとれたように明るく「ナタリー様がそう言ってくれて、俺……ユリウスじゃないけどさ。嬉《うれ》しいよ」と口に出した。

「ふふ……マルク様は閣下のことが好きなのですね」

「す、好きって……まあ、あいつ以上の頼《たよ》れる友はいない、かな。本人には恥《は》ずかしくて、言えないんだけどね」

おどけた調子で話しながらもマルクの声は、やはり嬉しそうに聞こえた。少し照れながら話すマルクにナタリーは、「ふふっ」とほほ笑みを浮《う》かべる。そしてマルクは言い訳するように「王城で居場所がない、できそこないの俺に居場所をくれた恩人だからさ」となにやら独り言《ご》つ。

（王城で居場所がない——？　セントシュバルツは武力を大切にしているようだから、王城で騎士になるための修練を行っていた時という意味かしら……？）

理解したわけではないが、それくらい長い付き合いであり、絆《きずな》があることの証明なのだろうとナタリーは思った。二人の思い出を詳細《しょうさい》に聞くのは野暮《やぼ》だろうと感じていれば——。

「ほら、喋《しゃべ》っているうちに……フリックシュタイン城が見えて来たね」

「……っ！　ですね……」

マルクはナタリーが想像するよりも数倍速く馬を走らせていたようだ。これも漆黒の騎士団ゆえの優秀《ゆうしゅう》な人材のなせる業《わざ》なのかもしれない。ナタリーは驚《おどろ》きながらも、王城を見て息を呑《の》んだ。

（ここに、閣下が……）

そう身構えている間。マルクは慣れた所作で馬を走らせ、城の厩舎《きゅうしゃ》に近づいて——先に自分が馬から降りたのちナタリーも降ろしてくれた。そして、すぐに馬を厩舎に入れた。

「入口はあっちだね——行こうか」

「は、はい」

マルクの案内で、城の正門へと近づいていく。歩みに無駄《むだ》がなく、漆黒の騎士団として何度も通っているためなのか、ナタリーよりもよく道を知っているようだった。

「止まってくださいっ！」

「現在、登城を制限しております。何の御用《ごよう》でしょうか」

城門を守っているのであろう——二人の騎士が、声を上げた。そしてマルクを見て、

「漆黒の騎士団の方であっても、登城は禁じられております」と、そう言った。

「あ～その、用がね～あるんだ」

「……」

「それもエドワード殿下《でんか》と、ね。だから通してくれないかな？」

（え？　マルク様、エドワード様と何かお話しに……？）

マルクが言ったことに、ナタリーは疑問を覚えた。それは、騎士たちも同じようで。

「信じられんっ！」と一蹴《いっしゅう》している。

（どうしましょう……これでは、入れないわ……）

今は騎士《きし》とやり取りができるが、それもいつまでできるか分からない。あまり不信感を煽《あお》れば、追い出されそうだ。いっそのこと、ポーチに入っているエドワードから貰ったペンダントを見せて、そのことで話があると説得するべきか。そう悩《なや》んでいれば。

「まあ、まあ……エドワードからは話を聞いていないかもだけれども」

「貴様っ！」

「これで納得《なっとく》してくれないかな？」

マルクは懐《ふところ》に手を突《つ》っ込んで、ナタリーのポーチに入っているペンダントと似たものを取り出していた。騎士たちははじめ「不敬だぞ」と言い募《つの》ってきていたのだが「こ、これは……」と急に押し黙《だま》った。騎士たちはマルクが出したそれを凝視《ぎょうし》している。

（一瞬、エドワード様を呼び捨てにしていたような気がするけども……本当に、仲が良いのかしら？）

マルクの後ろから見守る中、ナタリーからは見えない位置で二人の騎士は手をぶるぶると震《ふる》わせていた。騎士たちが小声で「セントシュバルツの……!?」と何やら驚いた様子で言っていたが、その仔細《しさい》をナタリーは聞き取れなかった。

「こ、これは～失礼しました～」

「ええ、ええ。僕ら何かを勘違《かんちが》いしていたようですね。ささっ」

「え？」

「いや～五番目でも役に立つもんだね」

「へ？」

急に変化した騎士たちの態度にナタリーが首を傾《かし》げている間に、さっと素早く、マルクはペンダントをしまっていた。

「彼女も、俺の友人だから。問題ないよね？」

「も、もちろんです～！」

「マルク様、ほ、ほんとうに……エドワード様にご用事が？」

ナタリーが声を潜《ひそ》めて、マルクにそう尋ねれば。マルクはウィンクを返してきて――。

（そうだ、という……こと？）

たぶん違うと思うのだが、マルクが何も言わないのでナタリーはそう自分を納得させた。

そしてマルクは、「あ」と声を出す。

「そうそう、今は封《ふう》の間が使用中なんだっけ……？　別室で待とうと思うんだけど――」

「ええ、左様でございます。そのため玉座の反対側の道――封の間にはお立ち入りにならぬよう」

「分かったよぉ」

「もうすぐ、案内の者が来ますので――」

「いや、大丈夫《だいじょうぶ》！　もう、慣れているからさ――むしろ、案内されると気疲《きづか》れしちゃうというか」

騎士の気遣《きづか》いにマルクはビクッと反応をしながらも愛想笑《あいそ》いを浮かべて、案内を断っていた。その様子に、騎士二人はキョトンとしていたがマルクがそう言うなら……そうなのだろうと納得したようだ。

「門が開きましたので、どうぞお入りください」

「うん。ありがとうね……美しい友よ、行こうか」

「え、ええ。ありがとうございます」

騎士に挨拶《あいさつ》をしたのち、マルクとナタリーは城の中へと歩みを進めた。マルクは本当に慣れた足取りで城内を闊歩《かっぽ》し、ナタリーを案内してくれる。しかも、細い廊下《ろうか》というか――あまり人気のない廊下を選んで歩いているようだ。

（漆黒の騎士団員は、みんな王城の間取りを知っているのかしら？）

こんなに広い王城を迷いなく進むなんて……と疑問に思いつつも今、真っ先に頭に思い浮かんだのは――。

「マルク様、今……どこへ向かわれていますの？」

「ああ！　つい取り繕《つくろ》うのに集中しすぎて……話すのが遅《おく》れたね。ごめん」

「い、いえ」

ナタリーの疑問に答えるように……ナタリーの方にまず視線を向けてからマルクは——少し声を小さくし、「封の間——だよ」と言った。

「え？」

「そこに……ユリウスがいる」

封の間にユリウスがいる、そうマルクは言った。しかし、確か騎士たちは——「封の間には立ち入らぬように」と。事情がまだ呑み込めていないナタリーが、困惑《こんわく》した表情を浮かべればマルクはナタリーの疑問に気づき、「封の間」について教えてくれた。彼が言うには、騎士たちが言った「封の間」は魔力《まりょく》暴走を封じ込めるための檻《おり》が管理されている部屋とのことだった。

「檻……？」

「うん、魔力暴走の余波が来ないように……魔法に長《た》けているこの国が用意した——唯一《ゆいいつ》無二の傑作《けっさく》かな？」

「それ……は」

確かにユリウスの魔力暴走は周囲を巻き込むのだろう。しかし彼を閉じ込める檻に対して——いいイメージがわかなかった。暗く沈《しず》んだ顔になるナタリーをよそにマルクは「手当を受けているらしいから……はじめは医務室かとも思ったんだけど」と話した。

「封の間が使用中と言っていたからね。そこにいるとみて間違《まちが》いないよ」

「そう、なのですね……」

「想像するのも嫌《いや》だけど、魔力暴走が終わる――つまり、ユリウスが自滅《じめつ》するのを待っているのかもね」

マルクが淡々《たんたん》と話す中、ナタリーは胸が痛くなる――息の根が止まるまで……ずっと待つなんて。しかも、ナタリーの記憶《きおく》の中で――魔力暴走に陥《おちい》りかけていたユリウスは苦しそうな顔をしていたのだ。

(長い苦痛を檻の中で……？)

人気のない廊下で少し立ち止まりながら、一通りの話をマルクから聞いた。

「マルク様は、魔力暴走やフリックシュタイン王家の事情をよく知っているのですね」

「えっ⁉」

「やっぱり、閣下と同じ騎士団だからこそ、国の事情も――私より、はるかにご存じなのでしょうか？」

「う、うん。そういった感じ……かな～」

「なるほど……」

どこか裏返ったマルクの声が聞こえたが、ナタリーは想像を超《こ》えるほどの信頼《しんらい》を得ている漆黒《しっこく》の騎士団に感心していて気づかなかった。

「ま、まあ、その封の間なんだけどどこの先にあるんだ。そこへナタリー様を案内しようと思っているのだけど、大丈夫かい……？」

「はい、ぜひお願いしますわ」

「……うん。それなら案内するよ。さっきは自滅って言ったけどさ……もしかしたら――部屋の中にある檻に、まだ入ってない可能性もあるよ」

ナタリーがマルクの言葉に反応して彼の顔を見れば、マルクは明るい顔で「俺、見学で一、二回見たけど……待機スペースみたいな通路があった気がするからさ」と、ナタリーを励《はげ》ますように声をかけてくれる。

「つまり移動中かもってことだね」

「……っ！」

「うんうん、ナタリー様の瞳《ひとみ》がさらに綺麗《きれい》になったね！」

「マルク様っ！」

「はっ！　あんまり、ナタリー様とお話ししすぎると俺の命が……ふぅ。さて行きましょうか」

「え、ええ？」

マルクがナタリーへの褒《ほ》め言葉の途中《とちゅう》で、ふとなにかに勘付《かんづ》いた表情になって「行きましょうっ！」と案内に徹《てっ》する姿勢に戻《もど》る。そんな感情の落差が激しいマルクに、笑《え》みがこぼれつつも――「ありがとうございます」とナタリーはお礼を言った。そして、二人は

「封の間」へ向かうべく、薄暗《うすぐら》い廊下を歩き続ければ——廊下が途切れ、通路から開けた空間が見えてきた。そこで、マルクがゆっくりとナタリーを見て、口に人差し指を押し当て、「しー」と無言で伝えてくる。

「?」

ナタリーは、疑問に思いつつも彼の言うとおりに極力、音をださないように歩いた。そして、開けた空間の先。庭園や「封の間」に繋《つな》がっているホール——そこにある柱の陰《かげ》に、マルクの指示のもと隠《かく》れた。

そのままマルクが見つめる方へ——おそらく「封の間」がある方へ視線をやれば。

(騎士《きし》が——いるわ)

見た先では、荘厳《そうごん》な扉《とびら》の前に仁王《におう》立ちで立っている——城門前にいた騎士よりも屈強《くっきょう》な男が三人いた。おそらく扉の先を気にかけているのか、こちらには気づいていない様子だった。廊下へ戻るように、こそこそと踵《きびす》を返す。

「うわあ〜〝影《かげ》〟じゃん〜」

「それって……」

「エドワードお抱《かか》えの……ちょ〜つよい騎士だね」

声を潜《ひそ》めながら、マルクが嫌そうな顔で頭を抱えていた。ナタリーも数度、見かけたことがあり、屈強な筋肉だけでなく、彼らは取り逃《に》がしはしたものの……元宰相《さいしょう》を追う能力もあるのだ。

「たぶん、人が寄り付かないように見張っているのかもね……」

「まあ……ど、どうしましょう」

「う～ん……」

あんな屈強な騎士に面と向かって戦いを挑《いど》むのは――ナタリーはもちろんマルクも大変なことになるだろう。じゃあどうするのか……と、マルクが思案するようにキョロキョロと辺りを見ていた。

「あ！」

「え？」

「俺って美女が近くにいると……頭が冴《さ》えるんだよなぁ……へへ」

マルクが何かを見つめながら思いついたとばかりに声を上げて、ナタリーに顔を向ける。

「今から、俺が彼らを引き付ける」

「えっ、それは――」

「大丈夫《だいじょうぶ》っ！　俺を信じて……あ、もちろん無茶はしないよ。俺は、ユリウスじゃないからね！」

「は、はあ」

「だから、ナタリー様は……騎士がいなくなったら中へ行ってほしい。扉の錠前《じょうまえ》がさっき見た時なかったから、開いているはずだよ」

「でも……」

「副団長マルクはウソをつかないよ！　……すぐに女性を口説きには行ってしまうけれどね」

ナタリーは、本当に大丈夫なのだろうか、と心配だったが、マルクは自信満々に口を開き「作戦としては――」と、今からの手筈《てはず》をナタリーに教えてくれるのだった。


「じゃあ、いくよ？」

「ええ……ですが……」

「やばかったら――まあ、その時考えよう！」

マルクの行動力にナタリーはあんぐりと口を開けるが、慌《あわ》てて「気をつけてくださいね？」と声をかけた。マルクは、その言葉に返事をするようにウィンクをする。それが合図となり――マルクはナタリーから離《はな》れ、廊下《ろうか》の途中でしゃがみ込む。そしてナタリーは、見つかりにくい大きな柱に隠れた。

――ビュンッ。

――ダッ。

立ち上がったマルクがホールの方へそれを投げれば——何かが床《ゆか》を蹴《け》る足音が響《ひび》く。マルクは「お、おい～！」と大きな声を出しながら、封《ふう》の間に続くホールに躍《おど》り出る。すると「な、なんだ⁉」と〝影〟がマルクのもとへ駆《か》け寄っていく。

「あ～～～！　ど、どうしよう～～！」

「……っ！　あ、あなた様はっ！」

ナタリーは柱の陰から様子を窺《うかが》う。どうやら、マルクが言っていたように無事に騎士たちの注意を引くことができたようだ。ただナタリーのいる位置からは、声が聞こえづらくマルクの成功を願うのみだ。

「えっ、〝影〟じゃん～！　奇遇《きぐう》だね！　どうしてここに？」

「はい？　奇遇とは……もちろん殿下《でんか》を待つために我々はここに……むしろなぜ貴殿が」

「なぜって、俺はエドワードと仲がいいからね……そういうことだよ！」

「へ？　い、いやあ……おい、今日って、何か会談とかあったか？」

「私は何も聞いていないぞ……」

マルクの明るい声とは対照的に屈強な騎士たち——もとい〝影〟は困惑《こんわく》した声を上げていた。

「あっ！　今はそれどころじゃないんだって！」

「は、はい？」

「ほらっ！」

そう言って、マルクが指をさす。指した先には――。

「にゃあ～にゃっ」

「し、獅子《しし》様？」

「そうっ！　獅子ちゃんの口に……」

「あ、あれは――っ！」

獅子様の口には、間違《まち》いなくマルクの――熊《くま》の絵柄《えがら》がデザインされたペンダントが銜《くわ》えられていたのだ。そして楽しそうに、「にゃ、にゃっ」と鳴いている。

「王家の装飾品《そうしょく》ってさ、代えがきかないんだよね……王城を歩いてたらさ、その、うっかり獅子ちゃんに奪《うば》われちゃって」

「な、なんと……」

「獅子ちゃんも大事だけどさ、あのペンダントがフリックシュタイン城で壊《こわ》れたとなると……ね？」

「……っ」

「俺の不注意もあるけれど――いやあ、同盟を結んでいる国の騎士たちが獅子ちゃんを捕《つか》まえるのに協力してくれたらな。困っている人を助ける騎士がいたら――俺の国でも誉《ほま》れ高く見えるだろうね」

「し、しかし……我々には」

「あ～、そうだよね。君たちには国の責務があるんだものね。俺の手伝いなんか二の次だよね……」

「い、いえ……」

マルクの威勢《いせい》のいい声に、〝影〟たちは見るからに動揺《どうよう》していた。そんな騎士たちにマルクは――。

「いやあ、今は固く結ばれている同盟だけれども――こんな些細《ささい》なことで、友好関係に亀《き》裂《れつ》――おっと。あ～あ、エドワードの悲しむ顔は、俺……見たくないなあ」

「……っ！」

ゆさぶりをかけるようにオーバーにリアクションをしながら、マルクは彼らに語り掛《か》けた。すると、彼らの表情はどんどん青ざめていく。

「マルク様っ！　我々が、なんとしても取り戻して見せましょうっ！」

「ああ、国の一大事だ……」

「エドワード様からは待機としか命じられていないから……この近辺にいれば、た、たぶん大丈夫だ……」

「お、〝影《かげ》〟が協力してくれるのなら、話は早いよ～！　さ、早く獅子ちゃんをっ！」

「は、はいっ！」

ドタドタと大きな足音を立てながら騎士たちは、獅子様の方へ駆け出す。その後ろから追従するように、マルクも走り出す。

「にゃっ⁉」

獅子様も大勢の大人たちが自分に向かって突撃《とつげき》してくる様子に気づき、反射のように彼らとは逆の方向――庭園の方へ走っていく。


「し、獅子様～！」

ナタリーが隠《かく》れる柱の前を、通せんぼしていた騎士たちが慌てて駆けていく。そして、その様子をナタリーも視認《しにん》した時――ちょうど最後尾《さいこうび》のマルクと目が合った。

――今だよ！

彼の口元がそう動いた気がして、こくりと頷《うなず》く。

（マルク様……！　ありがとうございます）

はじめは、「困っている俺を見たら……助けにきてくれるから！　彼らがいなくなった後に――ナタリー様は、扉《とびら》の先へ！」と聞き、半信半疑でその提案に乗っていた。しかし実際に起きたことを目にして、心の中で「疑ってごめんなさい」と謝るナタリーだった。

そして、マルクと視線が合ったのちナタリーは早速《さっそく》「封の間」に続く扉の方へ近づいていく。用心深く周りを見れば、ナタリーを止める者は全くおらず、荘厳《そうごん》な扉に対して――緊張《きんちょう》なのか、息を呑《の》む。それから「封の間」へ続く扉に手をかける。

――ガチャリ。

ナタリーは手に力を入れ、その扉を押し――足を踏《ふ》み入れるのであった。


ナタリーが封の間へ続く扉を開ける――その少し前。

封の間には、エドワードと顔色の悪いユリウスがいた。

「……肩《かた》を」

「いや、大丈夫だ……殿下の気遣《きづか》いには感謝する」

エドワードがユリウスに対して肩を貸そうとした……がユリウスは、やんわりと断ったのち、奥にある膜《まく》の張ったアーチへと足を向けていた。

「気丈《きじょう》にふるまっているが、本当は立つのもやっとの状態なのだろう……？　わが国の医《い》療《りょう》で治すことができず――すまない」

先行するユリウスの後ろからエドワードが、息を漏《も》らすように重く呟《つぶや》いた。魔力《まりょく》暴走が始まってすぐエドワードはユリウスの協力のもと、どうにか暴走が広がらないよう王城内で抑《おさ》え込み、なんとかユリウスが意識を保てている間に治療を試みていた。しかし王城にいる一流の医師の技術をもってしても、ユリウスの体質をどうにかする手立てはなかったのだ。その様子を見たユリウスが、自ら「限界を迎《むか》える前に封の間に案内してほしい」と言ってきたのだ。

ユリウスの状態を見てもらうべく、癒《いや》しの魔法《まほう》が使えるナタリーを呼ぶことも考えてはいたが、彼女は元宰相《さいしょう》の一件で魔力を使いすぎていて、とてもではないがエドワードは呼ぶことができなかった。

しかし、ファングレー家の事情を知ったエドワードとしては歯がゆいものを感じ――ユリウスにかける声も暗い色を隠せない。エドワードの言葉を聞いたユリウスが、ピタッと足をとめ「殿下が謝る必要はない――むしろ手を尽《つ》くしてくれて、感謝する」と言ってから、エドワードの方へ向き直る。

「ふっ、殿下の謝罪とは……大変なものを聞いてしまったな」

「……僕だって、素直《すなお》な時はあるよ」

つとめて明るく、ユリウスに対して返事をした。

「貴公とは正々堂々と決着をつけたい――そう思っていたん……だけどね」

「そうだな……」

エドワードは残念そうに目を伏《ふ》せながら話した。相変わらずユリウスは呼吸が少し乱れているが、まだ喋《しゃべ》ることはできるようだった。しかしそれがいつまでもつのかは、予想できない。本来なら、エドワードが見届けるのは一瞬《いっしゅん》なのだ。あのアーチの先――〝檻《おり》〟へ入るユリウスを見届ける……〝盟約〟を果たせばいいだけだった。しかし――。

「本当に、行くのか……？」

「それが貴国との約束だろう？」

「……そうだが、城の医者たちによってあと数日は……その間に方法やこんな理不尽《りふじん》な約束をどうにか――」

「それもジリ貧だ……殿下《でんか》も本当は分かっているのだろう。もう止められないのだ」

「それは……」

ユリウスの言葉に、エドワードは何も言い返せなかった。それほどまでに、ユリウスの身体《からだ》から、制御《せいぎょ》しきれていない魔力が漏れている様子がエドワードには分かった。おもむろにエドワードは眉間《みけん》にしわを寄せ――前方のアーチに目を向ける。アーチの中は異次元に通じており先の空間が一切《いっさい》見えない。それを確認しながら、エドワードは再び口を開く。

「その膜は、一定量以上の魔力が外部に漏れないようにする――魔法技術の集大成だ」

「……」

「貴公も聞いたことがあるのかもしれないが――それは条件付きの檻といっても過言ではない」

通常の人であれば出入り自由な空間なのだが膜の内部の魔力が基準値を超《こ》えた場合、内部のものを閉じ込める性質がある。だからこそ、今のユリウスがあの中に入ってしまうと、帰ってこられないことは明白なのだ。

「その中に入ったら、もう出ることは――」

「ああ、知っている」

「……っ！」

すんなりと返事をしたユリウスに、エドワードは不意を突《つ》かれた。この先に行くことが怖《こわ》くないのだろうか、と強く疑問を持つのと同時に衝動《しょうどう》的に声が漏れる。

「どうして……」

「？」

「どうして檻に入ることを、決意できるのですか？　諦《あきら》めているからですか？　はたまた使命感なのでしょうか？」

エドワードは自分の中に渦巻《うずま》く疑問をユリウスに投げかけていた。そして無意識のうちに、ユリウスに畏敬《いけい》の念を覚えたのか敬語すら使っていて――そんなエドワードの疑問を聞いたユリウスは、少し考え込むように沈黙《ちんもく》した後、脂汗《あぶらあせ》の浮《う》かぶ顔を上げ、エドワードの目を真っすぐに見つめる。

「ペティグリューのご令嬢《れいじょう》が大切にしている場所を、壊《こわ》したくない……国の一大事よりも、俺は彼女が悲しむ姿を見たくないんだ――」

「っ！」

エドワードはユリウスが言ったことに、大きく目を見開く。国よりも、そして己《おのれ》の身体よりも彼女が大事なのだと……当たり前に言う彼の言葉に――エドワードは、虚《きょ》を突かれたのだ。そして、半ば現実味が戻《もど》らないままどうにか声を出した。

「そう、ですか――」

「どうか、彼女を頼《たの》む。では……失礼する」

エドワードが問いかける様子が無くなったことを――ユリウスは確認し、真っすぐに膜の中へと身を沈《しず》める。気がつけばエドワードの視界から、そして封《ふう》の間からユリウスの姿はなくなっていた。そこでは大きな膜を見つめるエドワードが、「くそ……僕は、無力だな……」と言葉をこぼしていた。


――ガチャリ。

（とても広い部屋だわ……）

マルクは通路が見えると言っていたけれど、舞踏会《ぶとう》のダンスホールと変わらない広い空間がナタリーを出迎《でむか》える。ただダンスホールとは違《ちが》い、絢爛《けんらん》さがなく、部屋は頑丈《がんじょう》な石造りの壁《かべ》で囲われていた。不透明《ふとうめい》な膜の張った大きなアーチが奥に鎮座《ちんざ》しており、異様な存在感を放っているが、そのほかは入口からはよく見えなかった。と言うのも、視線を向けた先に――。

「おや……ナタリー、また迷子になったのかい？」

「エドワード様……」

薄《うす》い笑《え》みを浮かべるエドワードが、数歩先に立っていたのだ。そして周りをキョロキョロと見回せば、ユリウスの姿がないことが分かる。

「エドワード様……閣下は……」

「檻に入ったと言えば分かるかい？」

「っ！」

「この檻――アーチはあの宰相が言っていた通り、僕の先祖が宰相の一族から没収《ぼっしゅう》した際にあった〝ペティグリュー家の研究〟をもとに造ったらしい」

「そ、それは――」

「君たちの景観を保護する〝保存の魔法〟。これは、今でも使用しているよね。それともう一つ、当時のペティグリュー家が行っていた〝魔法を打ち消す〟研究から生まれた産物なんだ」

エドワードの話を聞いてナタリーは表面上では堪《こら》えているものの、内心では驚《おどろ》きが大きく渦巻いていた。まさか地下に葬《ほうむ》られていたはずの先祖の研究が――フリックシュタイン王家に見つかっていたこと。そしてなにより、その研究がユリウスを封じる〝檻〟を造る役に立ってしまっていたなんて。

（でも、それならなおのこと――同じペティグリュー家である私が、よく知っている効果ということだわ……！）

ナタリーは両手できゅっと握《にぎ》りこぶしを作る。衝撃《しょうげき》の事実に打ちのめされそうになるが、手に力を込めることで堪え、自身に問いかけた。それは、「自分がここに来た理由」について。ナタリーはそのことを頭で、そして心で考え、立ち止まるのではなくより前へ進むために思考したのだ。ピンチはチャンス――そう自分に言い聞かせた。

少し下を向きながら考えていたナタリーを見て、エドワードはため息をつきながら言葉を漏らした。

「ふぅ……いったい誰《だれ》が、ナタリーをここに……」

エドワードは頭に手をあて、やれやれといった雰囲気《ふんいき》だ。対面するナタリーとエドワードの耳に、「獅子《しし》ちゃ～んっ！」という大声が扉越《とびらご》しに聞こえた。

「はぁ、マルクか……まったく」

エドワードは、犯人が分かったように荘厳《そうごん》な扉《とびら》へ視線を向けている。しかしナタリーは、マルクの声が聞こえようとも——エドワードがナタリーのことを迷子だと言おうとも硬《かた》い表情のままだった。そんなナタリーの頭の中は「ユリウスが檻に入ってしまった」という事実でいっぱいに占《し》められていた。

(早く行かないと、閣下が……っ!)

無意識のうちに焦《あせ》りを感じていたのか、額から汗《あせ》が流れた。そして自分を力づけるように再び手にきゅっと力を入れながらエドワードに視線を向け、檻の方へ一歩足を向けた時。

「どこに行くつもりかな?」

「……檻の中、ですわ」

ナタリーが歩みを進めるよりも早く、エドワードの優《やさ》しくも鋭《するど》い声が届く。しかし、その声にひるんではいけないと——ナタリーは自分の手に力を込めた。

「早く行かないと、閣下の身体が危ないんです……だから」

エドワードに手早く理由を話して、先へ進もうと思った矢先のことだった。ナタリーの声をかき消すようにエドワードは口を開いた。

「……ダメだ」

「え?」

「君をこの先へは……行かせられない」

エドワードは封の間の中央でナタリーを阻《はば》むように身体《からだ》を向けながら、淡々《たんたん》とそう告げる。

「なぜ、ですか……？」

エドワードに止められたナタリーの声は、上ずり震《ふる》えていた。そんなナタリーの様子を見て、一瞬《いっしゅん》眉《まゆ》を八の字にしたかと思うとエドワードは再び淡々と、しかしどこか切なげに話し始める。

「ナタリー、この先は……もうどうにもできない。君が死んでしまうような危険があるんだ」

「……っ」

「もちろん、僕らを助けてくれた公爵《こうしゃく》を何とかしたい気持ちは分かる……が。僕はそのために君が――君が危険な目に遭《あ》ってほしくないんだ。どうか……」

エドワードは絞《しぼ》り出すような声でナタリーに語り掛《か》ける。

「分かってくれないか……」

新緑の瞳《ひとみ》はいつにもまして、真剣《しんけん》さを帯び、ナタリーの瞳と視線が合う。エドワードがナタリーの身を深く案じていることは、声からもそして瞳からもよく伝わってきた。二人の間に沈黙が少し続いたのち、エドワードが再び口を開く。

「僕は……君のお節介《せっかい》な部分をとても好ましいと思う。しかし、それ以上に、そのために君自身がいなくなってしまうことに耐《た》えられない」

「エド、ワード様……」

「ナタリー……。僕は、君のことを愛しているんだ。この国で共に……生きてくれないか」

ナタリーにそう告げるエドワードは以前の告白とは違い、艶《つや》やかさよりも燃えるような熱が彼の声から伝わってきた。そこには切迫《せっぱく》したものがあり、痛いほど彼の真摯《しんし》な思いが肌身《はだみ》に感じられたのだ。ここまで深く思ってくれる彼となら――。

（きっと、妻になったとしても……支えて愛してくださるわ）

エドワードの思いに応《こた》え、ここで彼と一緒《いっしょ》になれば……どんな困難があろうとも、乗り越《こ》えられそうな気がする。これはお世辞ではなく、今までの彼の言動、そして一途《いちず》な姿勢から、以前の生で実感した冷たい結婚《けっこん》ではなく、明るく幸せな結婚が待っているのかもしれないと思った――けれど。

「エドワード様……」

「なんだい？」

「私、お節介でここに来たわけじゃないんですの」

「……え？」

ずっと胸の内に引っかかっていた思い——そう、ナタリーはユリウスに助けられたから恩返しにだとか、人の命の尊さで……という、綺麗《きれい》な理由だけでここに来たわけではないのだ。

(私は、閣下と話せなくなるのは嫌《いや》だと思った……なにより)

ナタリーはエドワードに向き直り呼吸を整えると、しっかりと彼の瞳を見据《みす》える。そして、自分の思いをはっきりと認識《にんしき》したように、口をゆっくりと開けた。

「これは、私の……わがまま、なんです」

「わが、まま……?」

「ええ、どうしても、譲《ゆず》れない気持ちというのでしょうか。損得とか、道徳とか……冷静なものじゃなくて、居ても立っても居られない……そんな気持ちなんです」

「それは……」

エドワードが眉間《みけん》にしわを寄せ、ナタリーに対して苦しげな声をこぼす。そして「その気持ちは、本当によく考えたのかい? ——周りが見えていないのなら、余計に……君は先へ行くことで、後悔《こうかい》してしまうことになるかもしれない」と、言い募《つの》るようにナタリーへ語り掛けてきた。

「そうかもしれませんわね」

「なら……やはり先には——」

「でも、行かなかったら一生後悔すると思いますの」

「……え？」

「きっと、ここで死んだほうがましってくらいの後悔ですわ」

ナタリーの言葉にエドワードは、目をまん丸にして視線を向ける。いったいナタリーが何を言わんとしているのかを見定めるように、そして少し呆気《あっけ》に取られるように。そんなエドワードの様子に、ナタリーは柔《やわ》らかくほほ笑みを浮《う》かべながら言葉を紡《つむ》いだ。そしてゆったりとエドワードの方へ、ナタリーは歩み寄る。

「エドワード様、私を思ってくださり……本当にありがとうございます」

「……ナタリー」

コツコツと靴音《くつおと》を鳴らしながら、エドワードの手前で止まった。そしてナタリーはポーチへと手を入れ、目当ての物を取り出す。手の中には、獅子の絵柄《えがら》が入ったペンダントが輝《かがや》いている。それに視線をやったのち、スッとエドワードの方へ手を差し出す。

「やはり私は……エドワード様の想《おも》いに応えることはできません。こちらのペンダントはお返ししますわ」

「……僕が国王になる身分だとしても――君の答えは変わらないかい？」

ナタリーが伸《の》ばした手を、エドワードはじっと見てから再びナタリーの方を見つめ、厳《おごそ》かにそう語り掛けてくる。彼に逆らうのは、不敬罪になってしまうのかもしれない――しかしそうした不安はすぐさま消え去り、ナタリーは目に力を込める。

「はい！　もし、エドワード様が力ずくで止めようとするのなら……私も強引《ごういん》に先へ行かせていただきますわっ！」

「……」

エドワードに対し力強くそう言葉を発すれば、少しの沈黙《ちんもく》が場を包んだのち。

「……くっ、ふふ……」

「エ、エドワード様……？」

重苦しい空気の中、それを破るように突然《とつぜん》エドワードが笑い始めたのだった。そして、優雅《ゆうが》な振《ふ》る舞《ま》いでゆったりと、ペンダントを握《にぎ》るナタリーの手へと、自分の手を伸ばす。

「っはぁ……完敗だよ。そうか、わがままなのか——それなら仕方ないね」

そして、エドワードは「ペンダントを貰《もら》うね」と声をかけてきたので、ナタリーは促《うなが》されるまま彼にペンダントを返す。すると輝かしいペンダントは、エドワードの手の中へ納まっていった。

「その、エドワード様……」

「惚《ほ》れた弱みっていうのかな……僕に立ち向かう君も、美しく思えてしまって——王子としてではなく、僕個人として君の願いを叶《かな》えたいと思ってしまうんだ——変かな？」

「……っ」

「ああ、こう言ってしまうと君を困らせてしまうね……そうだな、〝友人として〟君を応《おう》援《えん》させてくれないだろうか？」

「エドワード様……」

エドワードはペンダントをゆっくりと懐《ふところ》にしまったのち、笑顔《えがお》のままナタリーに向き合う。そんな彼の姿に、少しだけ胸に申し訳なさが生まれるものの——ナタリーは、「私の行動はけっして、エドワード様の監督《かんとく》不行き届きではありませんわ。私の意志ですの」と言葉を告げた。

「ふふ、僕を思いやってくれてありがとう。大丈夫《だいじょうぶ》だよ、君の行動で僕が不利になることはないし——君の家も、悪いことにはしない」

「そ、それは……」

「君に恋《こい》をした男の……最後のわがままだと思って、受け取ってくれないかい？」

「……っエドワード様は、本当にお優《やさ》しいのですね……本当に」

彼の言葉一つ一つに、ナタリーに対する気遣《きづか》いが込められていて……だからこそ、ナタリーも心を込めてありのままの笑顔を彼に向け「ありがとうございます」と言葉を紡いだ。

「……うん」

「エドワード様……？」

ナタリーにそう言葉を告げられたのち、一瞬《いっしゅん》エドワードは上を向いたが——すぐにナタリーの方へ視線を戻《もど》す。

「さて、僕は君に道を空けよう。この先は、一方通行だ。公爵《こうしゃく》をどうにかしない限り戻って来られないよ……大丈夫かい？」

「はいっ！　問題ありませんわ！　私のやりたいことをしにいきますので……！　けっして、ただの無駄《むだ》ではありませんわ！」

「そうか……君の前途《ぜんと》に光があらんことを」

「ありがとうございます、エドワード様にも光があらんことを……！」

そう言葉を告げ——ナタリーは檻《おり》へと迷いなく近づいていった。シャボン玉のような膜《まく》に躊躇《ちゅうちょ》なく手を、そして足をのばし——先へと歩みを進めていく。そうしてするりと、膜の中へナタリーの全身が滑《すべ》り込み、真っ暗な靄《もや》によって身体《からだ》がすっぽりと包み込まれてしまうのであった。


ナタリーが檻の中へ入ってしまえば、封《ふう》の間に残されたのはエドワードだけだった。ナタリーの様子を最後まで、エドワードはしっかりと目に焼き付けていた。最後の最後で、彼女がこちらに戻ってきてくれるかもしれない——いや、彼女はそんなことをしないと分かっていながらも、淡《あわ》い期待を捨てられずにいたのだ。

「行ってしまった……か」

ぽつりとつぶやくエドワードの言葉に、返事はなく……シーンと静けさに包まれていれば。

「お兄様～！　マルクさんが獅子《しし》様とじゃれあっていて、大変に……お兄様？」

「フィルか……」

ナタリーが入ってきた扉《とびら》の方から、慌《あわ》てたようにこちらへかけてくる自分の弟の姿に気が付く。フィル・フリックシュタイン……エドワードの弟で、第三王子。現在は王位継《けい》承《しょう》権が第二位になった。まだ幼く、きっとこれから帝王《ていおう》学を勉強していく可愛《かわい》い弟だ。

そんなフィルは、エドワードを心配そうに、窺《うかが》うように見上げている。

「お兄様……大丈夫ですか……？」

「うん？」

「目が……」

「ああ……」

フィルがエドワードにそう言葉を告げれば、エドワードは合点《がてん》がいったように自分の顔に手を添《そ》えて「どうやら、城の中で……雨が降っているみたいだね」と呟《つぶや》いた。

「……おにい、さま」

「本当に、彼女が……好きだったんだ。その、フィル、情けないところをすまない……」

「……いいえ」

新緑の瞳《ひとみ》を覆《おお》わんばかりに、大粒《おおつぶ》の滴《しずく》がぽろぽろとエドワードの頬《ほお》を伝っていた。そんな姿を隠《かく》すように、エドワードが片手で自分の顔に手を当て目元を覆うように会話をしていれば、幼い弟は深く問い詰《つ》めようとはしなかった。空いているエドワードの手に、そっと自分の手を重ね――ゆっくりと握り、やさしく誘導《ゆうどう》する。

「お兄様、外はとてもお星さまが綺麗《きれい》なのですよ……庭で一緒《いっしょ》に見ませんか？」

「そう、か……それはいいね」

「はい！　僕の特等席に招待しますね！　あっ、マルクさんは大変ながらも……〝影《かげ》〟が対応してくれているので、きっと大丈夫です！」

「そうか、ふふ……ありがとう、フィル」

エドワードは花が咲《さ》いたような笑みを向け、そしてフィルもそれに応《こた》えるように、顔をほころばせている。そうして温かく優しい弟に連れられ、エドワードは封の間から出て行くことになるのであった。

第六章　意志の先に

膜の中へと入ったナタリーがあたりを見回すと、そこは真っ暗な空間であった。どこもかしこも黒、黒、黒……で、そのうえ空間が広いのかユリウスの姿は全く視認《しにん》できない。

「うっ……」

一歩ずつ足を進める……が、突如《とつじょ》感じた呼吸のしづらさに、声が漏《も》れてしまった。

(閣下の魔力《まりょく》が、溢《あふ》れすぎていて……身体に圧を感じるわ……)

国を崩壊《ほうかい》させるほどの魔力が、ここに溜《た》められているのだ。吸う酸素すら奪《うば》ってしまうほどの……行き場のない魔力がナタリーに襲《おそ》い掛《か》かっていた。ナタリーは自分の周囲に対して壁《かべ》を張るように魔法を放つ。すると微力《びりょく》ながらも、その負荷《ふか》から逃《のが》れられた。

(でも、ずっとは無理ね……早く、捜《さが》さないと……っ！)

ペティグリュー家に伝わる、景観を保護する魔法。これは癒《いや》しの魔法を応用する形なので問題なく、するりとかけられる……が、他者の魔法を無効化する魔法は、まだ数度しか扱《あつか》ったことがない。

そのため、少ない経験を思い出す形でなんとか魔法を使えている状況《じょうきょう》だった。だからこそ、闇雲《やみくも》にユリウスを捜し続けることは現実的ではない、と分かってはいるものの、ナタリーにできるのは足を進めながら、彼の息遣《いきづか》いや声を聞き逃さぬように集中することだけ。

きっと、この膜の中に入ったのはユリウスとナタリーが初だろう。そもそも閉じ込めるための内部構造を、詳《くわ》しく知る必要なんてないのだ。もしかするとエドワードも、内部の異空間がここまで広いとは知らないのかもしれない。

「はぁっ……」

(慣れない魔法もあって、余計に息が切れてしまうわ)

未《いま》だに視界は真っ黒に染まっており、ユリウスの姿は見当たらない。息を整えるために一旦《いったん》、立ち止まれば……頭に浮《う》かぶのはユリウスを見つけられないことへの不安だ。このままユリウスを見つけられなかったら……そんな可能性が脳内でちらついてしまう。

(もう！　なにを弱気になっているの、私……！)

自分で決めてやってきたのだ。決して、悔《く》いなき選択《せんたく》なのだから――ぎゅっと目をつぶってそう自分を叱咤《しった》する。そうして思考を切り替《か》えるように。

(何か、何か打開するための方法が……閣下、彼のもとへ――)

ユリウスを見つけるための方法を頭の中で模索《もさく》する。彼の整った顔に黒い髪《かみ》と、赤い瞳をイメージしていれば、ふいに眩《まぶ》しいほどの白い光が脳内を埋《う》め尽《つ》くし、思い浮かべていた赤色が薄《うす》くなった。

（な、なに……っ⁉）

なんだか違和感《いわかん》を持ったナタリーは、おもむろにまぶたを開く。すると、自分の手からぽうっと白い光が出ていることに、気が付いたのだ。

「えっ⁉　ど、どういう——」

思わず口から疑問の言葉が漏れる中、手から発せられていた光はより強く輝《かがや》き、そして目の前で何かを形作る。息を呑《の》んで、その光景を見続けていれば——その光は一つの人形《ひとがた》のシルエットになる。

それは、ナタリーよりも大きくユリウスよりも小さい存在だった。

「いったい、えっと……」

ナタリーは戸惑《とまど》いながら、目の前の存在を見る。白い光が身体を覆っていて、輪郭《りんかく》がどうも曖昧《あいまい》になっているが——男性のような姿で、薄い赤色の瞳だけがどうにか視認できるくらいだった。もちろんそんな青年と知り合った覚えなどなく、ナタリーはただ困惑《こんわく》するばかりだ。

（でも彼の瞳を見ていると……懐《なつ》かしさを感じるわ。彼は——）

そう青年をじっくりと見つめていれば、いつの間にかナタリーの手から出ていた光は収束していて——その青年だけが暗い空間の中で煌々《こうこう》と輝いていたのだ。そして、彼のおかげなのか。

「息が——苦しくないわ」

光に意識が持っていかれた拍子《ひょうし》に、自分を保護する魔法を止めてしまっていたのだが——ハッと気が付いて自分の身体《からだ》を見てみれば、膜《まく》の中に入ってから感じていた息のしづらさがない。その事実に驚《おどろ》きを感じながらも、きっと問題を解消してくれたのであろう存在に目を向ける。

「あなたが……私を助けてくれたのですか？」

「……」

そうナタリーが青年に問えば、彼は目じりを和《やわ》らげるだけで何も答えてはくれない。しかしなぜだか、彼がナタリーの姿を見て安心したのが分かった。だからきっと、今の状況は彼のおかげなのだろう。

「その、あなたのおかげで体調が整いましたわ。本当にありがとうございます」

「……」

「いったいどうしてこうなったのか、たくさん聞きたいのですが——」

「……」

「もしかして、あなたは……声が、出せないのでしょうか？」

ナタリーが目の前の青年に疑問を投げかければ——「声を出せないのか」という質問に対しての肯定《こうてい》なのか、頷《うなず》く様子が分かった。摩訶不思議《まかふしぎ》な存在だからこそ、声が出せないしい。


のも仕方ないのかもしれない。

(目の前の彼も、気になるのだけれど——まずは閣下を見つけなければ)

当初の目的に意識を向け、早速《さっそく》動こうと思うのだが光っている青年がいたとしても、この空間は相変わらず真っ暗なのだ。やはりひたすら歩き続けてユリウスを捜すしかないらしい。

そう、途方《とほう》もない考えが頭をよぎった時。

目の前の青年がナタリーの方へ視線を向けたあと、おぼろげな白く輝く手で方向を指さし——ゆっくりとその方角へ歩み出す。

(ついてこいってことかしら?)

青年の様子に、一瞬《いっしゅん》目を奪われたものの——なんとなく彼の意図することが汲《く》み取れた。どのみちナタリーの作戦はあってないようなものだから、青年についていく方がまだましな気がしたのだ。そしてなんとなく——。

(彼の瞳からは、嫌《いや》な感情はないように……思ったから……でも)

青年の薄い赤色の瞳を見ていると、なぜだか自分の息子《むすこ》・リアムを連想した。けれど、ナタリーの知るリアムはもっとずっと幼い少年で、ナタリーのことを嫌っていた。瞳の色に既視感《きしかん》を感じるものの、時折伏《ふ》し目がちにこちらを見る彼からは悪意を一切《いっさい》感じない。

不思議な青年の存在にいくつもの疑問が浮かぶものの、ナタリーは青年の後について先へ足を進めていく。そうして青年と共に暗闇《くらやみ》の空間を進んで行けば……青年の光すらも飲み込んでしまうほど黒いよどみが漂《ただよ》う場所に着く。すると青年はナタリーに何かを知らせるように、よどみの中を指さした。

「え？」

「……」

「か、っか……!?」

青年が指さした方へ視線を向ければ、ただの真っ暗な空間の中に――光でかすかに照らされながら、ぐったりと仰向《あおむ》けに倒《たお》れているユリウスの顔が見えたのだ。だいぶ衰弱《すいじゃく》しているように見え、また彼の身体を覆《おお》うおびただしいものに目が釘付《くぎづ》けになる。

（これは――縄《なわ》……？　いえ、茨《いばら》なのかしら……？）

かなりの質量を持った茨のようなものがたくさんあった。その茨はとめどなくユリウスの身体から溢れ、彼を食い尽くさんばかりに締《し》め上げていたのだ。その凄惨《せいさん》な姿を目にしたナタリーは助けなくてはとすぐさまユリウスのもとへ駆《か》け寄り、座り込む。

そして彼の身体を拘束《こうそく》する茨を外そうと手で触《ふ》れるが、頑丈《がんじょう》でなかなかほどけない。しかも茨にある棘《とげ》が自身の手に刺《さ》さり、ズキンと痛みを感じる。

「う……っ！」

ナタリーは痛みに耐《た》えながら手を動かすも、濃《こ》くなるよどみに思わず息が詰《つ》まっていた。

なんとか茨を外せないかと魔法《まほう》を無効化するように自身の手へ意識を向ければ……効果はあったようで茨が少しだけ緩《ゆる》んだ。しかしまだまだ茨の量はすさまじく、すべての茨を外すことは難しそうだ。

(ここで諦《あきら》めてはだめよ……っ！)

そう意気込んで茨を外そうと再度力を込めると、眩しい光がナタリーの隣《となり》に現れる。

「あなたは……」

それは先ほどの青年だった。どうやら彼は、ナタリーに力を貸してくれる様子だった。すぐ側に腰《こし》を下ろし、茨に向けて手から魔法を出しているようだった。

「たすけて……くださるの？」

「……」

「ありがとうございます……っ！」

相変わらず青年からの声は聞こえないが、彼と共に集中して、ユリウスの茨を消そうと魔法を使用すると、ひと際《きわ》大きな光が二人の手からあふれ出てくる。

(お願い、閣下を離《はな》して……！)

茨を包むようにユリウスの身体へ光が注がれれば——まるで溶《と》かされてしまったかのように、するすると消えていくことが分かった。

「ふぅ……これで……」

「うっ――」

「っ！　閣下……！　意識が……!?」

茨が消えたのを確認《かくにん》し、一息つきながらユリウスの様子を見れば彼の口から息が漏《も》れ出た。そして呼吸をするためにひと際大きく、彼は胸を動かした。

「ご、っほ――っく」

「閣下っ、大丈夫《だいじょうぶ》ですか……!?」

「こ、れは、いったい――」

暗い空間の中、ユリウスは身体の拘束が無くなったことによって上体をゆっくりと起こした。しかし未だに身体に力が入らないのか、ユリウスはぐったりとしながら、ゆるゆると自分の状況《じょうきょう》を確認するように手を握《にぎ》ったり、開いたりしていた。そして、ルビーの輝きを持つ赤い瞳《ひとみ》が、ナタリーを映す。

「ど、どうして、君が――」

「……っもちろん、閣下を助けに来ましたの……！」

「そ、それは――」

「しかも、閣下のために手助けをしてくれた方がいて――」

ナタリーが目をまんまるに開くユリウスに青年を紹介《しょうかい》しようと振《ふ》り向けば、白く光る彼がいた……のだが、先ほどよりも光が淡《あわ》く、薄《うす》くなっていた。

「えっ！　ど、どうなさったのですか？」

「彼は――」

「さっきの魔法で、力が……？」

　ナタリーが青年の変化に驚きながらも立ち上がり、駆け寄って行く。すると側で座っているユリウスの、暗く、しかし通る声が聞こえてきた。

「リ、アム……」

「え？」

「俺が知っているリアムに……そっくりだ――」

「リア、ム……？」

　ユリウスの言葉に促《うなが》されるように、ナタリーは信じられない思いで青年に視線を向ける。すると光が淡くなったことで、よりはっきりと彼の姿が見えてくる。

　彼を見た時から――その薄い赤色の瞳を見た時から、本当はなんとなく気づいていた。しかし自分が記憶《きおく》している姿とはずいぶん変わっていたから、もしかしたら別人かもしれないと思い込もうとしたのだ。でもユリウスがはっきりと、ジュニアの――息子の名前を口にした。そう言われて彼をよくよく見れば、ユリウスとよく似た美麗《びれい》な輪郭《りんかく》に少し薄い赤色の瞳が、自分の息子だと物語っていた。

　ナタリーがじーっと見つめると、その視線に耐えきれなくなったのか、青年は目線を下にそらし、うつむいてしまう。そんな様子の彼に、ナタリーはゆっくりと近づいていく。

「リアム、なのですか……？」

青年に尋《たず》ねる声は、無意識のうちに震《ふる》えていた。でも思い起こしてみれば、息子の名前をきちんと彼に面と向かって呼びかけたのは――初めてだった。ナタリーの声が耳に入ったのか、青年はうつむきながらも控《ひか》えめに……こくり、と頷いた。

そんな彼、リアムの姿を見たナタリーは、目を大きく見開く。一体どんな感情で彼と接すればいいのか分からない。色々知りたいことはある、けれど自分よりも大きなリアムが少し後ずさり、うつむいて見えづらかった彼の頬《ほお》に……つたう滴《しずく》が見えた瞬間《しゅんかん》。

ナタリーの迷いは消え去り、足早に彼に近づくとその顔を、窺《うかが》うようにそっと下から見上げた。そして、ここまでナタリーが近寄ってくるとは、思っていなかったリアムは、ビクッと身体《からだ》を揺《ゆ》らし顔を上げた。すると――よりはっきり、彼の目からぽろぽろと涙《なみだ》がこぼれている様子が分かった。

無意識のうちにナタリーは、リアムの頬に手を伸《の》ばし――彼の涙を指でぬぐう。

その行動に理解が追い付かないのか、リアムは大きく目を見開いていた。

(怒《いか》りとか、憎《にく》しみを抱《いだ》くと思ったのに……どうしてかしら)

以前はずっと、自分を蔑《さげす》んできた息子《むすこ》にやるせない思いばかり抱いていて、この思いは変わらないと思っていたのに。しかし泣いているわが子を見ると――。

「ふふ、リアム……ずいぶんと大きく、なりましたね？」

ナタリーは気づいたら、ゆっくりと語り掛《か》け、あやすようにそう、言葉を紡《つむ》いでいたのだ。今まで、そして先ほども、ナタリーを助けてくれたからなのか、どうしてか分からないがナタリーは彼に暗い感情を抱けなかった。なにより、相変わらず声を出さずにぱくぱくと口を動かしているリアムが、しきりに「ごめんなさい」と言っているように……思うからなのだろうか。

「閣下に鍛《きた》えられて、身体も逞《たくま》しくなったのかしら……？　私が記憶している頃《ころ》よりも、ずいぶん成長したようですね」

「……っ」

「立派な騎士《きし》になったのでしょう……なんだか、私も嬉《うれ》しいわ。ほら、そんなに泣いたら身体から水分がなくなっちゃうわ……ね？」

ナタリーは柔《やわ》らかくそう言いながら、彼の頰に流れる涙をすくう。彼自身が光であるためなのか、涙が液体としてナタリーの手につくことはなかった。すくう度に、さらさらと砂のように淡く光る粒《つぶ》が消えていくのだ。しかしそんなことに気を取られる間もなく、ナタリーは息子を慰《なぐさ》めるように、頭を優《やさ》しく撫《な》でた。

もちろん、光のため髪《かみ》に質感はない。それでもナタリーは変わらず、ゆっくりと髪をとくように撫でる。そうして注意深く目の前の息子を見つめれば——リアムが涙を流し過ぎたせいなのか、先ほどよりも光が弱くなっている気がした。

「許せないと――思っていたのだけど……リアム、私はもう、怒《おこ》っていないわ」

「……！」

「幾度《いくど》か現れた――白い光は、リアム、あなたなのでしょう？」

ナタリーがリアムにそう問いかけても、彼からは声は返ってこない。しかし瞳を見つめれば、一目瞭然《いちもくりようぜん》だった。ナタリーがどうにかしたいと強く願った時に、現れる白い光は――やはりリアムだったのだ。リアムはナタリーの中にずっといたのだ。それもきっと、ユリウスと同じように以前の記憶を持ったまま――。理屈《りくつ》は分からないが、そう理解した途端《とたん》これまで疑問に思っていた様々なことがすとんと胸に落ちた気がした。

（それよりも、リアムの姿がどんどん薄く――）

目の前に立っているリアムが、淡くなっていく様子に理解が及《およ》ぶ。先ほどユリウスの茨《いばら》を消すために力を使ったことで、この空間全体の暗さが和《やわ》らぎ、息もしやすくなった。しかし、それと引き換《か》えにリアムの姿を保つことができなくなってしまったのかもしれない。

リアムといられる時間が少なくなっていることに気がつき、頭を撫でる手を止め、彼から一歩下がりながらしっかりとリアムの瞳を見つめる。

「リアム……」

「……」

「助けてくれて、本当にありがとう」

「……!」

「そして──」

ナタリーはゆっくりと両手を広げ、リアムを抱《だ》き寄せる。

「あなたは私の大切な息子だわ……あなたが生まれた日のことをずっと覚えている──辛《つら》い出産だったけれど、やっぱり、嫌《きら》い続けるなんて無理ね」

リアムは、ナタリーに抱きしめられるがまま抵抗《ていこう》はしない。そして、彼の顔を見つめるようにナタリーは顔を上げた。

「リアム、大好きよ」

春の温かさを纏《まと》った笑《え》みで、ナタリーはリアムにほほ笑みかける。すると、リアムもつられてか──柔らかく笑みをつくり、ぱくぱくと口を動かした。


──ありがとう、ございます……お母様。


そう言葉を発した気がして、もう一度よく見ようとナタリーが瞬《まばた》きをしたその時。ざあっと光が溢《あふ》れ、そのまま暗闇《くらやみ》の空間を照らすように飛散していったのだった。

「笑った顔は──私のお父様にそっくり、ね……」

最後に見たリアムの顔は、ペティグリュー家でよく見る温かな笑顔だった。光が飛んでいった方向を見つめていれば背後から、ユリウスの声が聞こえてきた。

「リアムは……生まれる前の時代に時が戻《もど》ったから——君の身体へ戻るように宿っていたのかもしれない、な」

「……っ！　そうなの、ですね」

ユリウスの声に促されるように、彼の方へ視線を向ける。彼の言葉に今一度、考えを巡《めぐ》らせれば、確かにリアムはナタリーが生んだ子どもであるため自分の身体に戻ってくるのは道理なのかもしれない。

（これも神の悪戯《いたずら》なの、かしら……？）

白い光は、ナタリーが魔法《まほう》を使う際に力を増幅《ぞうふく》させてくれた。もしもあの白い光がリアムの魔力そのものだったとするなら、魔力が溢れ、保たれる檻《おり》の中にいたことにより、リアム自身も姿を現せるようになったのではないだろうか。

（リアムと再会するのは想定外だったわ——けれども）

ナタリーは魔法の学者というわけではないので、確信的なことは分からずじまいだが——自分が今まで持っていた心のしこりが少し、軽くなった気がした。それに加えて、おそらくリアムのものだった魔力が減ってしまった感覚もした。自分自身の魔力はあるものの、その喪失感《そうしつかん》を理解して、ナタリーは胸にズキンと切ない痛みを感じる。

（きっと、最後にリアムは――この空間を中和するために癒《いや》しの魔法を使ってくれたのね）

現状、最初の頃よりもだいぶ動きやすくなった。きっと、この空間から出るのなら、今が一番いいタイミングだろう。リアムが作ってくれたチャンスを無駄《むだ》にしないためにも、ナタリーはユリウスに声をかけた。

「閣下、早くここから――」

「……君は、ここから逃《に》げてくれ」

「……え？」

ナタリーの声に一拍《いっぱく》置いて、ユリウスが口を開いた。一瞬《いっしゅん》、彼が何を言っているのかが分からず――確認《かくにん》するように、再び視線を合わせる。

「リアムのおかげで、ここの魔力がだいぶ和らいだ――きっと今、来た道を戻れば……檻から出ることができる」

「何を言って……!?　私は、閣下を助けにっ……」

「……そうか。君の優しさには、感謝してもしきれない――が、俺はここから動けない」

「ど、どうして――」

先ほどリアムと一緒《いっしょ》に、ユリウスを縛《しば》る拘束《こうそく》を解いたはずなのに。なぜ彼が動けないのか、何より空間が和らいだのだから……彼の身体《からだ》もよくなって――。

「も、もし立ち上がる力がないのであれば、私が力をお貸ししますから……っ」

そうナタリーが必死な思いでユリウスを見れば、彼はナタリーに対して眉尻《まゆじり》を下げたのち。上体を起こしたままで、自身の足に目を向けた。それにつられるように、ナタリーもユリウスの足へ目を向けると。

「……っ！」

「……俺の魔力暴走は――まだ続いているようだ」

ナタリーは瞬きをするのも忘れてしまっていた。目に映りこんできたもの、それはユリウスの足首から、まるで獲物《えもの》を逃がすまいとするように……あの黒いよどみが再び生じている様子だった。一度消えたはずのものが、再び茨のような形状になって、彼の足を少しずつ縛り始めている。じわじわと、彼の身体を拘束するように、足から上部へのぼってきていたのであった。

エドワードに別れを告げて檻の中へ入れば、視界がだんだんと狭《せば》まっていくのが分かった。それに伴《ともな》い、はじめは奥へ行こうと歩き続けていたはずなのに、その足が鉛《なまり》のように重くなり動けなくなってしまった。そして気づけば辺りは真っ暗になり、浅くなる呼吸と共に、全身にじくじくとした痛みを感じ――抗《あらが》えない圧力を受けるかのように、ユリウスは硬《かた》い地面に倒《たお》れ込んでいた。

そのまま闇《やみ》に溶《と》け込むように、まぶたに力が入らなくなる。ここで意識を手放してしまえば、もうきっと目覚めることもないのだろう。けれどナタリーを——彼女の大切な人たちを巻き込まずに命を終えられることにほっとして、これまで張りつめていた緊張《きんちょう》の糸が緩《ゆる》んでいく。己《おのれ》の身体の痛みすら、もうどうでもよかった。

そうして意識を失ったはずが、全身を襲《おそ》っていた痛みが突然《とつぜん》軽くなり、呼吸をするべく自身の身体が本能的に空気を勢いよく取り込む。その反動によって意識が戻り——パッと目を開けば。

（これは、夢……なのか？）

ここにいるはずのないナタリーが側で座っていたのだ。しかも、隣《となり》にはぼんやりと白い光に包まれている自分の息子《むすこ》——リアムもいた。まさか、自分に都合のいい幻覚《げんかく》を見ているのかと……はじめはそう、考えていた。しかし咳《せ》き込むのと同時に、はっきりと聞こえる彼女の声。そして、リアムの表情を見て。

（本当に……ここに、いるというのか……？）

しかも彼女が言った「助けに来た」という言葉を聞いて、ユリウスは激しく動揺《どうよう》した。彼女が檻に入るなんて、あってはいけないことなのに。ナタリーの優《やさ》しさに、その振《ふ》る舞《ま》いにどうしようもない感情を抱《いだ》いた。

(――彼女の優しさに、その美しさに、俺が触《ふ》れていいわけがない)

ナタリーがリアムと話をしている中、息子の表情を見る。その顔は、後悔《こうかい》に染まっていて……きっと、リアムが自分の胸を短剣《たんけん》で刺《さ》したとき、息子もまた時戻りをしたのだろう。

しかし、リアムはまだ存在しない時代なので、彼女の魔力として還元《かんげん》されたのかもしれない。ユリウスたちが時戻りの短剣を使用したこと――このことは彼女に伝えるわけにはいかない。

きっと知ってしまったら、優しい彼女が傷ついてしまうから。そもそも全《すべ》ては自分の罪なのだから。彼女の笑顔を曇《くも》らせ、悲しませてしまうことなどできない。事実を知るのはリアムと自分だけでいい。ずっと胸に秘《ひ》めていこう――そう、思った時。

ナタリーに抱きしめられ、光の粒《つぶ》となって消えつつあるリアムと目が合った。最後に別れの言葉を交《か》わして以降、息子に合わせる顔はないと思い、ただナタリーの背後から見守っていたのだが、最後に見たリアムの表情はとても幸せそうで――……。

「リアム……」

無意識のうちに、小さくそう呟《つぶや》いていた。記憶《きおく》にあるのは、ずっと悲しみに暮れていたリアムの姿だった。そんな彼の屈託《くったく》のない笑顔《えがお》を初めて見て、思わず感極《きわ》まってしまったのかもしれない。

――リアム、俺は……彼女を悲しませないよう、全力を尽《つ》くそう。

息子の表情を見て、改めてナタリーをここから逃がすべく思考を切り替《か》える。一旦《いったん》は和《やわ》らいだものの、己の身体からは再び制御《せいぎょ》しきれない凶悪《きょうあく》な魔力があふれ始めている。ここにいても彼女が傷つくだけで、きっとそれはリアムも望んでいない。

——望みはただ一つ、ナタリーを過去の呪縛《じゅばく》から解き放つこと。

リアムは彼女に別れを告げた。だから、自分も彼女に別れを告げるべきなのだろう。彼女は優しいから、魔力暴走という病を患《わずら》ったユリウスを見捨てられず、きっとここまで来てしまった。だから、彼女を——彼女の大切な人たちが待つ檻の外へ。

ナタリーと同じく、癒しの魔法を使ったリアムのおかげで、魔力暴走の余波が鎮《しず》まっている。再び魔力暴走が激化する前に、彼女を……ナタリーを逃がし、永遠の別れをする。そう考えた瞬間《しゅんかん》、ズキンと、己の胸がどうしようもない痛みを発し始める。きっとこれは魔力暴走などではなく——。

（……考えるな）

邪念《じゃねん》を振り払《はら》うように奥歯を嚙《か》み締《し》める。決壊《けっかい》しそうなほど、ズキズキと痛みを主張してくるソレを頭の隅《すみ》に追いやって——そうして、努めて冷静にナタリーに声をかけたのだ。

「リアムは……生まれる前の時代に時が戻《もど》ったから——君の身体へ戻るように宿っていたのかもしれない、な」と。

ユリウスの身体から、じわじわと黒いよどみが生じている。認めたくない現実に対して、沈黙《ちんもく》の時間が少し続いたのち、ユリウスがおもむろに口を開いた。

「君は、何も悪くない。これは、俺の宿命なのだから……」

「……」

「君の――他者を思いやる心は、とてもかけがえのないものだ。しかし、これ以上ここにいては、君を大切に思う人々を悲しませてしまう」

そして、ユリウスはナタリーに頭を下げた。

「……君が生きてくれること――幸せでいることが、一番大事なんだ……だから早くここから」

真っすぐに、そして思いを込めるように。

「……逃《に》げてくれ」

そう、彼はナタリーに言った。

その言葉を聞き、ナタリーは思わず胸が詰《つ》まり……無言になってしまう。そして何度も脳内で反芻《はんすう》すれば――彼の言葉から痛いほど伝わってくる想《おも》いに理解がいく。ナタリーの幸せのために、逃げてくれ……と。理性では分かっているのだ。きっと地下遺跡《いせき》で起きた魔力《まりよく》暴走とは比にならないくらいの、危険な状況《じようきよう》だということを。逃げたほうが安全、分かっている……分かっているのだ。

（でも、それが私の幸せになるなんて……）

ユリウスの言葉を思い返すたびにナタリーは、ふつふつと抑《おさ》えきれない感情が溢《あふ》れてきて――。

「認めませんっ！」

「……え？」

「宿命だなんて、そんなもの……私は認めませんっ！」

ユリウスの言葉とは反対にナタリーは彼へ近づきながら、しっかりと口を開く。

「そもそも、あなたは私に言わないことが多すぎるのです！」

「それは――」

「言えないことがあるのは……仕方がありませんわ。ですが、そうだとしても一人で勝手に決めつけていませんか？」

頭を下げていたユリウスが、ナタリーの言葉に反応して顔を上げる。そしてその間に、彼のもとへナタリーは辿《たど》り着き、彼の側へ腰《こし》を落とし、膝《ひざ》立ちになった。

「私の幸せは、ここから逃げること――ではありません」

「……」

「確かに、ここに来るまで……お父様、お母様、周りの大切な人たちに、心配をかけてしまいました」

「それなら……今からでも、遅《おそ》くは——」

ユリウスが、気遣《きづか》うように——ナタリーへ声をかける。その声を聞き、ナタリーは自分を鼓舞《こぶ》するようにきゅっと手を握《にぎ》りしめる。

「でもっ！　私は、ここから離《はな》れませんの！」

「……っ！」

そうナタリーが告げれば、ユリウスの赤い瞳《ひとみ》が大きく揺《ゆ》れた。そう言われるとは思わなかったのか、驚《おどろ》きを隠《かく》せないユリウスを前にしてナタリーは続ける。

「それに優しさだとか使命感で、私はここに来ているわけではありません」

「そ、れは——」

「ここにいるのは、私の意志なのです！」

ユリウスは、ナタリーの言葉に身体《からだ》が固まってしまったのか、瞬《まばた》きをするだけだった。そんな彼に語り掛《か》けるようにナタリーは、一息ついてから口を開く。

「あなたと再び出会った日から……私、おかしくなってしまったんです！」

「っ！」

「私にはない力で、あなたは助けてくれて……しかも、気遣われて。冷たいと思っていたのに……温かい気持ちにも触れてしまって。ずっと心臓がおかしくなっていますの！」

「す、すまない……」

ナタリーの言葉にユリウスは呆気《あっけ》に取られているようだった。そしてナタリーは、自分を見つめる彼に一度開いた口をそのまま動かし、さらに言葉を紡《つむ》ぐ。

「でも、それ以上に……あなたの優しさに、想いに、どうしようもなく胸が焦《こ》がれて――手放したくないんです！」

「……っ！」

「あなたと、もっと話をして……時には季節で移りゆく景色を見て、他愛《たわい》もなく笑いあう。そんな日々が欲しくてしかたないと――そう、思うんです……っ」

ナタリーがユリウスの瞳をしっかりと見つめれば、ユリウスは息を呑《の》み「俺が……美しく眩《まぶ》しい君を……守るのが……だというのに、そんな、そんなことは……」とブツブツと小さくつぶやいているようだった。そんな様子にナタリーはじれったく思い、彼の両肩《りょうかた》に手を置く。

「かっ……」

閣下――と呼びかけようとして、ナタリーは口を閉《と》ざす。その時、ふと思い出したのは、彼が戦争で重傷を負った際のことだ。寝言《ねごと》だったが、ナタリーの名前を無意識に呼んでいる彼の姿がそこにはあった。

(私だけが、呼べないのなんて――過去に囚《とら》われているなんて……そんなのは)

――いやだ。

「ユリウスっ！　あなたは、どうなのですか……！」

「っ……」

「魔力暴走や過去のこと、あなたが言いづらそうにしている事実は関係ありませんわ！　私が焦がれているのは、今のあなたなのです。だから――」

(私は過去の彼を含《ふく》めて、すべてを愛することはできない。けれども、ひたむきで不器用な優《やさ》しい彼を――)

「だから……今のあなたの気持ちを、私は知りたいのです……！」

ナタリーのアメジストを思わせる瞳が、ユリウスの姿を捉《とら》える。真っすぐな瞳に射貫《いぬ》かれたユリウスは口を震《ふる》わせ、はくはくと音が出ない声を上げた。数秒、数分――まるで時が止まったかのように、互《たが》いを無言で見つめ合う。

「俺は――……」

絞《しぼ》り出したような声でそう言葉を紡いだのち、赤く輝《かがや》く瞳からツーッと滴《しずく》が流れる。

「ナタリー、君を……愛している」

堪《こら》えきれずに涙《なみだ》を流しながらも、ユリウスはナタリーに語り掛けた。そうしてユリウスの言葉をじっと聞いたのち、ナタリーは自然と彼の頬《ほお》に手を伸《の》ばす。リアムにした時と同じく、赤い瞳からこぼれる滴をそっと指で優しくぬぐった。ナタリーが膝立ちをしているため、下にある彼の顔を見て涙をぬぐっていたはずだった。

なのに、ぽたりと……また彼の頬に水滴《すいてき》がついてしまっていた。そのことに疑問を感じているとユリウスの瞳がまんまるく、ナタリーを見つめていることに気が付く。彼が「大《だい》丈夫《じょうぶ》か？」と心配そうに気遣う中、ナタリーは自然と笑《え》みがこぼれていた。

「ふふ、家族揃《そろ》って——泣き虫さんが多かったんですのね」

そう明るく言うナタリー自身の目からも、ぽろぽろと涙が流れていたのだ。ユリウスは、ナタリーと視線を合わせながらも、事態を飲み込むのに必死な様子だった。加えて、なにやら歯がゆそうな表情をしていた。というのも、ユリウスに巻き付く黒い茨《いばら》が彼の上半身まで侵食《しんしょく》し——地面について身体を支えていた彼の手を、縫《ぬ》い留めるように拘束《こうそく》していたのだ。

ユリウスの様子に気が付いたナタリーは、痛ましそうに眉《まゆ》をひそめてから、ふと、辺りを窺《うかが》う。すると周辺がまた暗くなりつつあることが分かり、ナタリーは意を決するように、ユリウスの肩に置いていた手にきゅっと力を入れる。

「共に、ここから出ましょう」

「そ、れは……」

ユリウスに言葉をかければ、彼はその内容に戸惑《とまど》いを見せていることが分かった。自身の魔力暴走で迷惑《めいわく》をかけていると自責の念を抱《いだ》いているのかもしれない。そんな彼に、ナタリーは「大丈夫です。私を、信じてください」と言葉をかける。

そして、続けて。

「あっ！　それと……お返事がまだでしたね？」

「え？」

「私も――」

ナタリーは自身の瞳からこぼれる涙を気にせず、柔《やわ》らかな笑みを浮《う》かべた。そのまま癒《いや》しの魔法《まほう》をかけるため、身体中にある魔力を集めたのち――手に力を込めながら……ユリウスの顔に近づく。

「あなたを、愛しております」

そう言葉を紡ぐとナタリーは瞳を閉じ、ユリウスの唇《くちびる》に――自身の唇で触《ふ》れた。手だけではなく、身体全体で魔法を発動するかのように……ユリウスの身体へ自身の魔力を注いだ。ユリウスの魔力暴走が、抗《あらが》うように反発をしてきてピリピリとした違和感《いわかん》や熱いほどの火傷《やけど》にも似た痛みを起こす。

しかし、どれほど痛くともナタリーは決してユリウスから離れなかった。そして、ナタリーの脳裏《のうり》には、いくつもの思い出が再生される。

——自分が怪我《けが》しようとも、私を、家族を守ってくれた姿。

——私が悲しまないようにしてくれた、不器用な優しさ。

——屈託《くったく》のない彼の……笑顔。

確かに、怖《こわ》くて距離《きょり》をとっていた時もあった。しかし今思い出すのは、ユリウスとの温かい日々で、そのすべてが。

(とても、愛《いと》おしいの)

ナタリーの中でも、いつの間にか……こうもユリウスの存在が大切になっていて——そんな彼を死なせたくない、そう強く思うのだ。

『いい？　後悔《こうかい》をしない気持ちを大切にしなさいね』

(お母様、私——後悔はありませんわ……！)

ナタリーの背中を押してくれるように、出かける時に聞いたお母様の言葉が脳内に蘇《よみがえ》った。自分の気持ちを確かめて、さらに身体にある魔力をかき集める。そして抗うユリウスの魔力へ、癒しの魔法を精一杯《せいいっぱい》かけ続けた。

——ビュンッ。

大きな風が辺りに吹《ふ》き荒《あ》れる——そんな音が聞こえた。ユリウスの魔力とナタリーの魔法が反発しあっているのかもしれない。その風と共に、茨が引きちぎられる音も響《ひび》き始める。そうしたあまりの強い風にナタリーが体勢を崩《くず》してしまいそうになった時、ぎゅっとナタリーの身体を支えてくれる——逞《たくま》しい腕《うで》の感触《かんしょく》に気が付いた。きっと風によって、ユリウスの手を拘束していた茨が消えたのだろう。彼の支えを感じて……大丈夫だ、とナタリーは自分に活を入れ、さらに魔法を強めていく。

するとと同時に、ナタリーの頭に熱がこもる。そこから——全身が熱くなった、その瞬間《しゅんかん》。まるで煌々《こうこう》と輝く太陽の如《ごと》く……ナタリーの手からは、大きな光が生まれた。それは、まぶたを閉じているナタリーにも分かるほどのまばゆい光となり、暗くなっていた辺りをかき消すように包み込んだ——。

（もう、痛く——ない……？）

風の音が静まり、気が付けば——全身にあった熱や痛みがなくなっていた。恐る恐るナタリーが目を開くと。

「あら……？」

まず見えたのはユリウスの顔——ではなく、辺り一面に漂《ただよ》う水蒸気に似た薄《うす》い霧《きり》、そして白で統一された広く大きな床《ゆか》だった。黒いよどみが一切《いっさい》なくなり、息苦しさもない空間から分かるのは魔力暴走がようやっとおさまったのだ、ということだった。

そして自身の手が握《にぎ》りしめている存在にちらりと目を向ける。すると白いシャツ越《ご》しに、逞しい身体《からだ》の温《ぬく》もりがあった。どうやらナタリーは、癒しの魔法をかけるのに必死になっていたためか、向かい合わせからユリウスを強く抱《だ》きしめる体勢に変化していたようだ。自分の顔の隣《となり》に彼の横顔が見えた。

「っ！　ユリウス様……っ！」

「……ぅ」

「だ、大丈夫ですか……!?」

辺りに、黒いよどみは見えない。しかし癒しの魔法をかけていた時に、魔力の反発をあれだけ起こしていたのだ。まだ痛みや前にもあったような副作用が起きているかもしれない。そう、不安に思ったナタリーは、ユリウスの様子を確認《かくにん》する。

そんな中、ユリウスは閉じていた目をゆっくりと開き――。

「ん……？」

「気づかれましたか？　痛みなどは――」

「あ、ああ。痛みはない……いや、それより君こそ……」

赤いルビーの瞳《ひとみ》は、ナタリーを見て――数度確認するように、ぱちぱちと瞬《まばた》きをする。

そして何かに気づいたようで、眉を八の字にしてナタリーを見つめると。

「君の魔力の反応が――」

「あら？　そういえば、なんだか身体が軽いですわ」

「……っ。すまない――」

ナタリーはユリウスに言われて、自分が今までに持っていた魔力が――ほとんど感じられなくなっていることを確認する。そして同時にユリウスがナタリーを支えていた腕の力を緩《ゆる》め、懺悔《ざんげ》をするような表情になったことにも気が付いた。その様子を見て、ナタリーは息を整えてから、俯《うつむ》く彼の両頬《りょうほお》に自分の両手を添《そ》えて、軽い力を入れる。

――ぷに。

「これは私の証《あかし》ですの！」

そう力強く言いながら、彼の頬を軽くつねる。人の頬をこんなに触《さわ》ったことがなかったので初めての感触だが、意外とユリウスの頬が柔らかいことに、新たな発見だと面白《おもしろ》みをナタリーは感じた。そして、ナタリーにされるがままのユリウスは何が起こっているのか分かっていない様子で、キョトンとしている。

「あ、あかし……？」

「ええ、私の意志を貫《つらぬ》いた――後悔がないという証ですわ」

「それは――」

「ユリウス様は、私をお疑いになっていますの？」

ナタリーの言葉にユリウスはまだ納得《なっとく》をしていないのか、暗い表情になる。しかし、彼は疑っていないことを伝えようと、ナタリーを気遣《きづか》うように「い、いや」と焦《あせ》りながら返事をした。そんな様子のユリウスに、ナタリーはふっと小さく笑みを浮かべる。

「生きることって難しいですわよね」

「え？」

「良いことばかりじゃありませんし、辛《つら》いことも、痛いこともございますわ」

「……」

「でも、ユリウス様とお話をして――自分でここに来て……私は生きているって感覚がしましたの」

ナタリーはユリウスの頬から手を放し、彼の赤い瞳と目を合わせる。そして、再確認するように一度まぶたを閉じてから再び、開いた。

「私、自分のために生きているって――そう強く思いましたの」

「……っ」

「しかも、あなたの顔を見るとなぜだか温かい気持ちも感じるんです――ふふ、おかしいかしら？」

「だが、だがっ……本当に俺が、君と――俺は自分をゆるせな――」

「もうっ！」

ユリウスの声に、ナタリーはぷくっと頬を膨《ふく》らます。この騎士《きし》団長、なかなかの後ろ向きである。本人が大丈夫《だいじょうぶ》だと言っているのに、自責の念がすぐ彼の心を埋《う》め尽《つ》くしてしまっているのかもしれない。

（本当に不器用なんだから……）

そして眉《まゆ》を八の字にして、悲しげにしている彼の様子から——大型犬を思い起こすのはなぜだろう。しょぼんとした彼の頭にそっと手を向け、そのまま、夜を想起させるほど艶《つや》やかな髪《かみ》を優《やさ》しく撫《な》でた。するとそんなナタリーの行動に驚《おどろ》いたのか、おどおどと忙《せわ》しなく表情を変化させているのを見ながらゆっくりと彼に語り掛《か》ける。

「人生に痛みはつきものなんです」

「……」

「それに、ユリウス様が抱《かか》えているものは……簡単に、なくせるものでもないでしょう？」

「そう、だな」

ユリウスが落ち着きを取り戻《もど》し始めたのを見て、ナタリーは撫でるのを止め、彼の心に届きますようにと言葉を紡《つむ》ぐ。

「生きていくうえで、痛みをなくせないのなら——それと付き合うしかないと、そう思いませんか？」

「……」

「痛いと思いながらも、自分のしたいこと、やりたいことをするんです」

おずおずと、窺《うかが》うように彼がナタリーに視線を向けてくる。そんな彼の姿は、相変わらずの美貌《びぼう》ではあるが――社交界で噂《うわさ》になっている月のような静けさや……高嶺《たかね》の存在といったクールな印象はなりを潜《ひそ》めてしまっている。あまりの乖離《かいり》したイメージに、くすりとナタリーは笑いながら。

「ふふっ、仕方ありませんね。もう一度、聞きますよ？」

「え？」

「ユリウス様、今のあなたの気持ちを知りたいのです――教えてくれませんか？」

「……っ！」

ユリウスが息を呑《の》んだ気配を感じる。言葉に詰《つ》まってしまったかのように、目をぱちくりとさせ――しかし、意を決したように呼吸を整えてから。

「俺は――……」

「はい」

「君が愛《いと》おしくて仕方がない。どんなことがあろうと……君を守りたいと思う」

「……」

「そして――ナタリー、君と共に生きたい……」

言葉を紡ぐユリウスの瞳は真っすぐに、ナタリーを見つめていた。そして、その言葉へ返事をするようにナタリーは口を開き――。

「ユリウス様」

「あ、ああ」

「一緒《いっしょ》に、前を向いて歩きましょう」

そう声をかけながらずっと下げたままの彼の手を持ち上げて、ぎゅっと握る。少しでも、自分が今感じている温《ぬく》もりが彼に届きますように、と祈《いの》りを込めて。そんなナタリーの様子にユリウスは少し驚いてからすぐに目じりを緩める。すると武闘《ぶとう》祭の時に招待されたユリウスのフリックシュタインの屋敷《やしき》で見た、あの時よりも優しい笑《え》みを浮《う》かべていた。

「ああ、君と共に――歩こう」

ナタリーはユリウスの柔《やわ》らかい表情に目を大きく見開く。その笑顔を見た時に、自分の心臓あたりがじんわりと、またさらに温かくなった気がした。そして彼の言葉を聞いたナタリーは早速《さっそく》というように、彼の手を握《にぎ》って――。

「では、歩きましょうか！」

「ん？」

なにやら状況《じょうきょう》が飲み込めていないユリウスに、ナタリーは声をかける。

「檻《おり》の外へ、行きましょう！」

ナタリーが来た道の方へ視線を向ければ、うすぼんやりとした霧《きり》の向こうに、入ってきた膜《まく》のアーチがあることに気が付く。ぎゅっと手を握りながら、ユリウスと共に立ち上がったのち。片手をつないだまま、膜の方へ――檻の外へと近づいていく。

柔らかそうな膜に、来た時と同じく身体《からだ》をつぷり……と沈《しず》めていけば。ナタリーと同じく、ユリウスも膜の中へ身体が吸い込まれていき――閉じたまぶたを再び、開くと。

「ほっほっほ。どうやら――無事、帰って来られたようじゃのう？」

「フランツ様……っ！」

「フランツ……！」

目に映りこんだのは、封《ふう》の間の通路に立って嬉《うれ》しそうに目じりにしわを寄せてほほ笑むフランツの姿だった。そして手には自分より大きな手の感触《かんしょく》がある。そこに、ユリウスの温もりがしっかりとあるのを確認《かくにん》し、ホッとした……のと同時に、明るい声が響《ひび》く。

「ユ、ユリウスっ！　ナタリー様……！　ちゃんと帰って来られて本当によかった～～！」

「マ、マルク様！」

「ふぅ……」

「あ！　ユリウス～～！　どうして、手を額に置くんだよ！　感動の再会だろ～～！」

封の間で、フランツとマルクが出迎《でむか》えてくれたのだ。フランツがどうしてここに……？と疑問は感じるものの、きっとエドワードと仲がいいマルクの祖父だから、家族のよしみの待遇《たいぐう》なのだろうと、少しズレた結論をナタリーは出していた。

なにより、マルクの声を聞いたことで――自分の身体から力が抜《ぬ》けてしまったかのように……ユリウスの手を放して床《ゆか》へ座り込みそうになった瞬間《しゅんかん》。

「大丈夫か⁉」

「――え？」

ユリウスの声と共に、ふわっと自分の身体が浮く感覚を覚えた。脱力《だつりょく》して、硬《かた》い床に座り込むのだと思っていたのに、身体に感じるのはユリウスの逞《たくま》しい腕《うで》の感触。そして、近くにいるマルクからは「ヒュ〜」という口笛が聞こえてきた。

状況を確認すると、ユリウスが素早《すばや》くナタリーに手を差し伸《の》べ両手で身体を持ち上げているようだった。つまり、ナタリーはユリウスにお姫様抱《ひめさまだ》っこをされている姿勢になっていて――。

「ほっほっほ。身体に力が入らんのも、無理ないのう。一日中あんなところにおったら、疲《つか》れてしまうわい」

自分の体勢を意識してしまい、ナタリーはカーッと顔に熱が集まる。しかし、そんなことになりながらもフランツの「一日中」という言葉にハッとなり。

「い、一日も中に――？」

「日差しが入ってこん場所じゃからな。気づかぬうちに、時間が経《た》っていたんじゃろう」

そんな状況になっていたのかとナタリーが驚きを隠《かく》せない中、フランツはにっこりと笑みを浮かべながら――有無《うむ》を言わせないといった様子になったかと思うと。

「だから、二人とも静養が必要じゃ！　フリックシュタイン城で、部屋を用意してもらっておるから――ゆくぞ！」

「そうだな……ナタリー、君は身体を休めてほしい」

「ちょっと～、ユリウスもだからね～！」

「え……!?　えっ!?」

あれよあれよという間に、ナタリーはユリウスに抱きかかえられながら――フランツに呼ばれた案内人によって、王城の部屋へと運ばれていくのであった。

第七章　茜色の眺め

「その……身体は――」

「この通り、すっかり元気ですわ」

「ここは風が強いから……もしかしたら君の体調が……」

「もうっ！　王城の休養から明けて、帰宅できているのに。ユリウス様は心配性《しんぱいしょう》ですね？」

秋風に包まれる中、ナタリーは、ユリウスと共にペティグリュー領のゆるやかな坂を歩いていた。

檻から無事出ることができたナタリーとユリウスは、フランツやマルクに出迎えられたのち、王城で休養することになった。エドワードの計らいもあってか、フランツがナタリーをかかり切りで診察《しんさつ》をしてくれた甲斐《かい》もあって、身体はみるみる回復していった。

しかしそのナタリーの回復力以上に、ユリウスの回復速度は速かった。檻から出てすぐにナタリーを運べるほどの体力があったので、回復の差があるのはしかるべきなのかもしれないのだが、ナタリーよりずいぶん早くにユリウスは安静が解かれたと聞いていた。

フランツが優《やさ》しい笑みを浮かべながら、ユリウスの魔力《まりょく》がナタリーの魔力によって中和されたため、もう魔力暴走を起こさないと伝えてくれた。だからこそ、ナタリー自身も安心して自分の身体を休めることに集中し、ようやっとフランツから帰宅の許可をもらった。しかし病《や》み上がりのナタリーに対して、ユリウスが心配してしまうのは仕方のないことかもしれない。

(私としては、もう十分休んだ気がしているけれども……)

両親やミーナからも、たくさんのお見舞《みま》いと心配をされ続けてしまって、申し訳なさがナタリーの中で生まれてしまっているのかもしれない。また お父様は、無断で屋敷から出て行ったことを怒《おこ》るよりもナタリーの無事を喜んでくれて……むしろ、今後はナタリーの行動をなるべく応援《おうえん》したいとまで言ってくれたのだ。

そうしたこともあって、ナタリーとしてはこれ以上、大切な人に心配をかけたくないという気持ちでいっぱいなのだ。だからこそ、その気持ちを込めてユリウスに視線で訴《うった》えた。その訴えに対してユリウスはというと、まるで大切なものでも見つけたかのように、ふっと柔らかくほほ笑んだ。

「ずっと後処理ばかりで、会えなかったが――やっと会えたんだ。君のことをいくら心配しても、し足りない」

「っ！　その言い方は反則です……」

「そうなのか……？　だが、それほどまでに君に会いたくて――待ち焦《こ》がれていたんだ」

ユリウスの言葉と笑顔《えがお》によって、ナタリーは意図せずに体温が上がってしまう。しかしユリウスの言う通りなかなか会うことができなかったのは事実で、ナタリーとしてもユリウスが本当に無事なのかを早くこの目で確認したくて仕方なかった。ふと、会うまでの間のこと――ユリウスの近況《きんきょう》を新聞で見たことを思い出す。

「あ！　ファングレー家の取り潰《つぶ》しがなくなったと聞きました。今までのユリウス様の頑《がん》張《ば》りのおかげですね……！　本当に本当に良かったです」

「ありがとう。多くの者が働きかけてくれた結果なのだろう。なにより、俺を助けてくれた――君のおかげだ。本当に感謝する」

「えっ、そ、そんな……」

ユリウスと中々会うことができなかったのは、彼自身がセントシュバルツに呼ばれていたがためだった。ユリウスは後処理をしていたと言っていたが、ようやっと彼自身の功績が正当に評価され始めた結果なのだとナタリーは思った。先の戦争が早く収束したのだってユリウスの功績が大きいのは事実で、武力に関してフリックシュタインはユリウスを筆頭に――漆黒《しっこく》の騎士《きし》団に頼《たよ》っていたのだ。だから、むしろユリウスがそうした功績に対しての褒賞《ほうしょう》を今まで受けていなかったことが不思議なくらいだった。

（以前の人生では、私との結婚《けっこん》が褒賞だったのだけれども――今は、何もかも変わったわ）

ある意味、過去の嫌《いや》な思い出の一つだったこと――もしこの時代に戻《もど》ってきたばかりのナタリーがそのことを思い出していたら、震《ふる》えが起きたり、悲しみに囚《とら》われたりしていたのだろう。しかし今では、ファングレー家の取り潰しがなくなったことに前向きな気持ちでいられる。そんな気持ちの切り替《か》えをしていれば、ナタリーは目的の場所に目が行き、ユリウスに声をかけた。

「ユリウス様、丘《おか》の頂上に着きましたわ！」

「っ！　ここが」

ペティグリュー領を一望できる丘に到着《とうちゃく》したナタリーとユリウスの視線の先には、山が茜色に染まっている絶景が飛び込んできた。そして柔《やわ》らかな風に吹《ふ》かれ、そよそよと揺《ゆ》れる大群の色とりどりのコスモスが足元にたくさん咲《さ》き誇《ほこ》っていた。

ユリウスが、後処理を終えてペティグリュー領に来ることを手紙で知ったナタリーは、その日に必ずここへ来ようと意気込んでいたのだ。ユリウスが屋敷《やしき》へ来た際に、お父様が相変わらず行く手を阻《はば》もうとしてきたような気がしたが、心優しいお母様と優秀《ゆうしゅう》なミーナが上手《うま》く誘導《ゆうどう》してくれたようだった。そして二人の厚意《こうい》に甘えて、ユリウスが到着するや否《いな》やこの丘へと一緒《いっしょ》に向かっていたのだ。

「本当に、本当に……美しいな」

「ふふ、でしょう？　全力で案内すると約束しましたもの」

「確かにそうだったな……だが改めて、案内してくれて感謝する」

ナタリーはユリウスが絶景に驚《おどろ》く様子を見て、嬉《うれ》しくなった。なにより、この場所に二人でまた来られたことに大きな嬉しさが湧《わ》きあがっていたのだ。一つの季節を共に過ごすことがこんなにも尊いのだと実感する。少しの間、無言で景色を堪能《たんのう》していれば、ユリウスがおもむろに口を開いた。

「……君に、謝りたいことがあるんだ」

「え？」

「この約束をした時、俺はもう長くないと己《おのれ》の身体《からだ》の状態を知っていた。もしかしたら、約束を反故《ほご》にしてしまう可能性だってあった。それなのに、君と一緒に見たいという気持ちが抑《おさ》えきれなかった……申し訳ない」

「……」

「結果として檻《おり》からは出られたものの、君の身体は変化してしまった。俺が自身を客観的に見ることができなかったゆえの……」

「ユリウス様！」

ユリウスが後ろ向きな発言にのまれていく様子に気が付き、ナタリーは彼の名前を呼んでストップをかけた。檻の中では、やっと前向きになってきたかと思っていたのに。会っていなかった期間によって、また戻ってしまったのだろうか。ナタリーに呼ばれたユリウスは、しゅんとしていて頭に子犬の耳が見えそうな顔つきになっていた。そんなユリウスにやれやれとナタリーは思いながらも、声をかけた。

「たしかに魔力暴走のことは何も知らなかったので、教えて欲しかった気持ちはあります」

「……すまない」

「けれどもユリウス様は優しい想《おも》いゆえに、行動したのだと――今はそう感じております」

ナタリーの言葉に静かに耳を傾《かたむ》けるユリウスの姿に、忠犬のような雰囲気《ふんいき》を感じてしまう。ナタリーの視覚は、少しおかしくなってしまったのかもしれない。けれどもそのことに不快感を持つことはなく、自然と彼の頭へ両手を伸《の》ばす。

するとユリウスもナタリーの手に寄り添《そ》うように、頭を寄せてくれる。ナタリーは難なく柔らかい漆黒の髪《かみ》をゆっくりと掬《すく》い、優しく撫《な》でた。凝《こ》り固まった彼の頭が少しでもほぐれるように撫でれば、ユリウスはどことなく緊張《きんちょう》しながらも素直《すなお》に受け入れていた。

「それと檻へ行ったのは、私の意志です。だからこそ、魔法《まほう》が今後使えないかもしれない自分に悔《く》いはないのです」

フランツから言われたのは、ナタリーが檻で限界を超《こ》えてユリウスに癒《いや》しの魔法をかけ続けたことで、もうわずかな魔力しか残っておらず――今後、魔力が回復して使えるようになるかは怪しいとのことだった。しかしその事実を聞いて、ずっとあったものが無くなる切なさは感じれど、檻へ行ったことに後悔《こうかい》は感じなかったのだ。

ナタリーは頭に置いていた両手を、彼の両頬《りようほお》へ移す。そして自分の想いを伝えるように、ルビー色の瞳《ひとみ》をしっかりと見て言葉を紡《つむ》いだ。

「ユリウス様。あなたが生きていて、私は本当に嬉しいのです」

「っ！　ナタ、リー……」

ナタリーの言葉を受けて、ユリウスの瞳が揺れる。そしてユリウスは一度ゆっくりと瞬《まばた》きをしてから、ナタリーの両手に自身の手をかぶせ、ぎゅっと握《にぎ》ったまま跪《ひざまず》いた。ナタリーが驚きを感じる間もなく、彼の口から「君と一緒に歩んでも……」と震えた声が漏《も》れたのち、ユリウスは意を決したようにきゅっと口を引き結んでから、再び口を開いた。

「ナタリー、俺は君と共に歩んでいきたい。だからこそ、永遠に変わらぬ愛と忠誠をここに誓《ちか》おう」

「ユリウス様……」

「君を愛している――俺と結婚してくれないだろうか？」

ユリウスの言葉が真っすぐにナタリーの中へ入ってくる。その言葉がじんわりとナタリーの心の中で温かさを持ち、自然とナタリーは柔らかくほほ笑みながら言葉を紡いだ。

「あなただからこそ、共に歩みたいです」

そして、ナタリーがひと呼吸置いたのち再び口を開いて。

「ユリウス様、あなたを愛しております。だから……私と結婚してください」

ナタリーが言葉を紡ぎ終われば、一陣《いちじん》の風がさあっとユリウスとナタリーのもとを通り抜《ぬ》ける。するとその風によってコスモスの花びらが舞《ま》い上がり、二人の頭上からひらりひらりと降り注ぐ。秋風ながらも、まだ夏の温《ぬく》もりがある風の柔らかさを感じながら——ナタリーもユリウスも、自然と笑顔で見つめ合っていた。正式に婚約《こんやく》を結ぶとなると、お父様の悲鳴が聞こえてきそうだが……それでもきっと二人なら乗り越《こ》えられる。

ナタリーは、ユリウスとともに笑い合えたことで、ようやく悲劇を終わらせられた気がした。そうしてほほ笑んでいると——。

「っ!」

ユリウスが何かに気づいたように両手を放したのち、すっくと立ち上がる。「どうしたのですか?」と尋《たず》ねれば、ユリウスはナタリーの頭部を見ながら声を上げた。

「コスモスの花びらが髪に……」

「まあ」

「とるので、少しじっとしててくれ」

ナタリーの透《す》き通る白い髪にユリウスが優《やさ》しく触《ふ》れ、桃色《ももいろ》の花びらがゆっくりととれる。ユリウスが花びらをとる際に、二人の距離《きより》がより一層近くなった。花びらのことだったは

ずなのに、とれたらそれで終わりのはずなのに、ユリウスの視線がゆっくりとナタリーの方へ向き、赤く熱を持ったルビーの瞳と視線が合う。

その熱に触発《しょくはつ》されたのか、ナタリーの胸が痛いほど早鐘《はやがね》をうっているにもかかわらず、ユリウスから視線を逸《そ》らすことはできなかった。まるで吸い込まれてしまうように、ユリウスの顔がナタリーの方へと近づく。無意識のうちにナタリーがそっと瞳を閉じれば、柔らかな感触《かんしょく》が唇《くちびる》に降ってきて――キスが落とされた。お互《たが》いの想いを伝えあうナタリーとユリウスを、夕日が優しく包み込んでいたのであった。

あとがき

この度《たび》は、『「死んでみろ」と言われたので死にました。2』を読んでくださいまして、誠《まこと》にありがとうございます！　本作ではユリウスの魔力《まりよく》暴走に関わる問題や、そのほかにも登場人物たち各々《おのおの》の気持ちをいっぱい書くことができて本当に楽しかったです。ぜひ前巻とは違《ちが》った登場人物たちの感情や行動を楽しんでいただけましたら幸いです！

そして本作シリーズのキャラクター案をいきいきと描《えが》いてくださいましたwhimhalooo《ウイムハルー》様、加えて素晴《すば》らしい表現でロマンチックなイラストを描いてくださいました蘭《あららぎ》らむ様。お二人には感謝の気持ちでいっぱいでございます。蘭様にはコミカライズ版でもお世話になりまして……いつも描写《びょうしゃ》が素敵で、大好きです！　ありがとうございます！　また前巻に引き続き担当のN田様、本作でもご助力いただき誠にありがとうございます……！

最後に、本作が少しでも皆様《みなさま》の心に何かを残すことができましたら幸いです。改めまして読者様、および制作面で関わってくださいました皆様へ感謝の意を申し上げます。

江《え》東《とう》しろ

BEANS BUNKO

「「死んでみろ」と言われたので死にました。2」の感想をお寄せください。
おたよりのあて先
〒102-8177　東京都千代田区富士見2-13-3
株式会社KADOKAWA　角川ビーンズ文庫編集部気付
「江東しろ」先生・「蘭　らむ」先生・「whimhalooo」先生
また、編集部へのご意見ご希望は、同じ住所で「ビーンズ文庫編集部」
までお寄せください。

「死《し》んでみろ」と言《い》われたので死《し》にました。2

江東《えとう》しろ

角川ビーンズ文庫　23801

令和5年9月1日　初版発行

発行者――――山下直久
発　行――――株式会社KADOKAWA
〒102-8177　東京都千代田区富士見2-13-3
電話 0570-002-301（ナビダイヤル）
印刷所――――株式会社暁印刷
製本所――――本間製本株式会社
装幀者――――micro fish

ISBN978-4-04-114061-1 C0193 定価はカバーに表示してあります。
◇◇◇